KB066422

詩에게 영화가 전하는 당신 이야기

나는 타인이다

나는 타인이다
-詩에게 영화가 전하는 당신 이야기
윤향기 지음

초판 인쇄 2016년 07월 15일
초판 발행 2016년 07월 20일

지은이 윤향기
펴낸이 신현운
펴낸곳 연인M&B
기 획 여인화
디자인 김주리
마케팅 박한동
홍 보 정연순
등 록 2000년 3월 7일 제2-3037호
주 소 05052 서울특별시 광진구 자양로 56(자양동 680-25) 2층
전 화 (02)455-3987 팩스 (02)3437-5975
홈주소 www.yeoninmb.co.kr
이메일 yeonin7@hanmail.net

값 15,000원

ⓒ 윤향기 2016 Printed in Korea

ISBN 978-89-6253-187-9 03810

* 이 책은 연인M&B가 저작권자와의 계약에 따라 발행한 것이므로 본사의 허락 없이는
  어떠한 형태나 수단으로도 이 책의 내용을 이용하지 못합니다.

* 잘못된 책은 바꾸어 드립니다.

詩에게 영화가 전하는 당신 이야기

윤향기 지음

나는 타인이다

TICKET 557613 7

KEEP THIS COUPON 576137

연인M&B

여는 글

: Prologue

"영화(movie) 보러 갈까?"

주말 아침 뜬금없는 나의 말에 멀뚱하게 쳐다보는 남편

"······." 나는 침을 꼴깍 삼킨다.

"그러지 뭐."

소리에 안도의 한숨을 내쉰다. 나이 들면서 줄어들지 않는 이런 즉흥성을 오히려 무의식적으로 즐기는 것 같다. 그럼에도 불구하고 싫어하는 내색 없이 쫓아와 주는 그가 고맙다.

30대의 어느 휴일이었다. 아침 일찍 차를 몰고 나가 맨 처음 충무로에 있는 '대한극장' 표를 예매하고, 두 번째는 종로의 '단성사' 표, 세 번째는 을지로로 달려 '명보극장' 표를 예매했다. 그러고는 상연 시간이 촉박해 동동거리며 영화관을 오갔다. 이제 생각하면 무슨 영화를 봤는지 기억에 남는 건 하나도 없다. 다만 세 번째 영화를 보다 중간에 나온 기억은 있다. 드디어 참고 참던 남편이 인정사정없이 드러누워 드르렁드르렁 사운드를 넣기 시작했기 때문이다. 젊어서는 참 무던히도 진지하다는 예술영화를 찾아 헤매 다니곤 했다.

이래저래 나는 영화에 빚이 많다. 일면식도 없는 주인공들이 나를 가

르치고 성장시켰다. 바람에게 편지 쓰는 법, 눈물 속의 물고기에게 밥 먹여 주는 법, 약 뿌리기 전에 모기에게 경고하는 법, 나무처럼 간격을 지키는 법, 설레는 마음을 받는 법, 다름을 인정하는 법, 도끼로 생각을 깨뜨리는 법, 상대를 밝혀 주는 법, 실패를 애도하는 법, 길을 잃었을 때 내 이름 부르는 법, 행복을 적립하는 법, 신에게 구걸하지 않는 법, 맨발처럼 홀가분해지는 법, 의자가 되는 법, 느리게 사는 법, 우아하게 가난해지는 법, 용서받는 법, 웃으며 죽음을 이야기하는 법, 침묵을 꺼내 닦아 주는 법 등 헤아릴 수 없이 참 고마운 것 투성이다. 영화는 내게 물질의 풍요로움 대신 빛나는 이런 만남을 선물해 주었다. 따라서 스크린 속 인물들은 당신이면서 또 다른 나이기도 하다. 잠시 일상을 잊고 빠져든 두 시간 동안 홀로 미지의 세상을 걷는다. 두려움 없이, 거리낌 없이, 바람 구두를 신고. 이야기를 따라가다 보면 멀리서 온 정신분석가 칼 융과 프로이드가 말을 걸어온다.

"함께 걷지요. 어머~ 만나게 되다니 정말 반갑습니다."

춤추는 고래처럼 어린 시절로 퇴행시켜 주는 영화, 때 이른 좌절을 방어해 주는 영화, 머리칼이 휘날리도록 깔깔거리게 만드는 코믹 영화, 캉캉

드레스를 신나게 흔들어 주는 뮤지컬 영화를 놀이처럼 즐기라고 그들은 말한다. 감기 들었을 때 찻집에서 의사와 만나 이야기만 해도 감기가 낫는 것처럼 칼 융과 프로이드와 함께 걷기만 해도 모든 시름이 한 번에 다 날아가는 것 같다. 저 스크린에서 어떤 무대가 펼쳐지든, 어떤 시가 낭송되든 문제될 것이 없다. 심리적으로 위축될 필요도 없고 시공간을 뛰어넘는 대양감으로 둥둥 떠다녀도 좋다. 당신의 상처와 같은 상처를 보면 아파해 주고 당신과 같은 환희를 만나거든 환호작약하라. 이런 공감 능력이야말로 당신을 당신 인생 무대에 주인공으로 만들기 때문이다.

이 책을 읽는 순간 모든 고민은 사라질 것이다. 그러다 보면 이쪽 현실에서 부대꼈던 마음의 짐을 덜기도 하고 응어리져 있던 매듭이 스스르 풀리며 청량감을 만끽할 것이다. 따라서 시간 밖으로 놓쳐 버린 그 누군가가 생각날 것이다. 그래도 처져 있다면? 지친 당신을 한껏 북돋우려면? 그냥 지금 있는 그대로를 인정해 주면 된다. 힘들지만 눈물이 흐르면 흐르는 대로 그냥 바라봐 주기만 하면 된다. 그런 다음 천천히 눈을 맞추고 손을 꼬옥 잡으면서 "그동안 애썼어. 고생 많았어. 정말 대견해. 자랑스러워. 힘들었지? 오, 신났구나?"라고. 페르소나를 집어던진 채 주인공의 상처를 보듬어 주기도 하고 당신의 그림자인 트라우마를 당신 손으로 다독이기만 하면 된다. 그렇게 영화 속 주인공들과 진정성 있는 커뮤니케이션을 하는 동안 당신은 당신도 모르는 사이에 반성과 회생을 거듭하며 불안하게 흔들리던 눈빛은 안정되고 날 서 있던 유머는 여여한 유쾌함으로 변화될 것이다. 그리하여 영화를 보고 나온 이상적 당신과 영화를 보기 전의 실제적 당신의 격차는 엄청나고, 그 격차가 적어질수록 당신은 당신 삶에 더욱 만족을 느끼게 될 것이다. 그래서 오늘이, 오늘 느낀 '카르페 디엠'은 온전히 균형 잡힌 당신의 '유레카'가 될 것이다.

"자! 그러면 그동안 지워졌던 당신의 행복 레시피, 누가 다시 만개시켜 줄까요?"
"누구, 누구라구요?"
"아니죠, 아니에요. 그건 오직 당신뿐이죠."

"오늘, 영화 한 편 볼까요? 당신이란 영화요." 부디 당신 안에 있지만 아직 발견하지 못한 다양한 당신의 모습을 극적인 영화와 명시들을 만나 콜라보레이션하는 통섭의 시간이 되길 바란다.

『나는 타인이다』 이 책은 4년여에 걸쳐 계간지 『시와 표현』에 연재했던 원고다. 다시 보완 수정하여 몇 개를 더해 세상에 내놓는다. 부족한 원고를 거리낌 없이 기획출판해 주신 연인M&B의 신현운 대표께 진심으로 감사드린다. 이 책을 펼치는 독자들에게도 이 기회를 통해 진심으로 감사의 인사를 드린다. 고맙습니다.

2016년 7월
풍무리 송헌시랑에서

인생은 멀리서 보면
희극이지만,
가까이서 보면
비극이다

차례

: Contents

개봉 : 영국, 프랑스, 1995
원제 : Total Eclipse
장르 : 드라마
감독 : 아니예츠카 홀란드
주연 : 레오나르도 디카프리오, 데이비드 툴리스

나는 타인이다
<토탈 이클립스>

: Total Eclipse

열매, 꽃, 잎, 가지들이 여기 있소
그리고 오로지 당신만을 향해 고동치는 내 마음이 여기 있소
그대 하얀 두 손으로 찢지는 말아 주오
다만 이 순간 그대 아름다운 두 눈에 부드럽게 담아 주오

새벽 바람 얼굴에 맞으며 달려오느라
장미 송이 온몸에 얼어붙은 이슬 방울 채 가시지 않았으니
그대 발치에 지친 몸 누이고 그대 곁
소중한 휴식의 순간에 잠기도록 허락해 주오

그대의 여린 가슴 위 머물도록 해 주오
지난번 입맞춤에 아직도 얼얼한 내 얼굴을
그리고 이 선한 결심이 이대로 가라앉게 그대 달래 주오
그대의 휴식 속에 가만히 잠들 수 있도록

_폴 베를렌느 「그린」

우주(Cosmos)에 대한 경탄과 환상이 신화를 만들어 낸다. 신화는 영화를 만들고 영화는 신화를 재창조한다. 신화적 상상력이야말로 인간의 존재성과 우주의 초월성을 확인시켜 주는 매개물이다. 현실 세계에서 이해되지 않는 것도 영화를 통해 상상력의 신화소에 몰입할 때 현실을 넘어선 즐거움을 경험하지 않던가. 이렇게 유용한 성찰을 얻고자 하는 기원에서 만들어진 은유가 신화라고 한다면 그것은 신들의 서사를 빌려 인간을 성찰하고자 하는 노력에 다름 아니다. 이때의 자기(selbst)는 각자의 전체 인격, 즉 자아, 페르소나, 의식, 그림자, 아니마와 아니무스, 콤플렉스, 무의식, 집단 무의식을 이루는 내용인 동시에 자기가 자기일 수 있도록 하는 조건적 원형들이다. 이 원형들을 꽃피우게 하는 것 중의 하나가 동성애다.

고대 그리스-로마에서의 진정한 사랑은 동성애였다. 나이 많은 남성과 어린 소년 간의 사랑만을 이상적으로 용인되었으며 상류층에서는 널리 권장되었다. 이러한 관용은 소년이 폴리스의 성숙한 시민으로 성장하는

나는 타인이다

14

데 성인 남성과의 정신적, 육체적 유대가 도움이 된다고 믿었던 신념 때문이다. 반면 남성적 시각으로 그려진 그리스 신화 속 여성들이란 종족보존의 수단 또는 제우스의 욕정 대상으로 여겨 비이성과 열등의 징표로 대놓고 비하했다.

동성애가 집요하지 않다는 거짓말은 하지 않겠다. 계보를 보듯이 2010년 큰 변화 중 하나가 금기시하던 동성애 드라마가 거부감 없이 안방에 상륙했다는 사실이다. 동성애 최초의 드라마 〈인생은 아름다워〉와 그다

음 작 〈커피프린스 1호점〉 인기의 초두 효과가 좋게 평가되었는지 그 후 광 효과로 인해 커밍아웃하는 사람들이 늘어나고 있다. 김대승 감독의 〈번지점프를 하다〉, 이준익 감독의 〈왕의 남자〉, 유하 감독의 〈쌍화점〉, 강정수 감독의 연극 〈바이올렛〉 등 동성애 영화들은 대부분 주인공들의 죽음으로 끝을 맺는다.

이 영화 〈토탈 이클립스〉의 로즈버드는 프랑스를 뒤흔들어 놓은 19세기 동성애다. 아니예츠카 홀란드라는 여성 감독에 의해 제작된 이 작품은 상징주의 3대 시인 중 두 명인 아르튀르 랭보(Arthur Rimbaud, 1854~1892)와 폴 베를렌느(Paul Veraine, 1844~1896)의 뒤엉켜진 사랑과 시 세계를 조명한다. 실존 인물 16세의 랭보와 27세의 베를렌느가 나르시즘과 에고로 만난 첫 화면은 베를렌느의 자유연상작용 속 기차에서 내리는 랭보로부터 출발한다.

1871년 8월 랭보는 파리의 성공한 시인 베를렌느에게 자신의 시 〈취한배〉를 비롯한 8편을 보낸다. 랭보 시에 경탄한 베를렌느는 즉시 초청한다.

"위대한 영혼 내게 오소서, 이는 운명의 부르심이니."

랭보는 눈부시게 아름답고 충동적인 천재였다. 시의 창작열이 식어 가던 베를렌느에게 그 이상의 매력적인 존재는 없었다.

랭보의 어린 시절은 풀을 뜯는 염소처럼 고전과 현대문학을 가리지 않고 소화해 냈다. 타고난 글재주를 보이던 그는 16세에 처음으로 시를 발표하고 곧바로 콩쿠르 아카데미에서 라틴 시 분야 1등상을 받는다. 랭보는 어느 날 베를렌느와 함께 문학의 밤 행사에 참석한다. 몇 편의 낭송시를 듣다가 따분하고 관념적이라고 생각한 그는 갑자기 긴 탁자 위로 뛰어올라가 시인들 면상에 오줌을 갈긴 일화는, 영화에서 제일 기억에 남는 명장면이다.

"이 도시의 비극은 소위 예술가란 놈들이 보통 부르주아보다 더 부르주아 같단 사실이야."

이런 일탈과 자기 파괴에 기반한 감각을 통해 그는 절대자와의 대화를 시도하고 억압하는 사회로부터 자유를 꿈꾸었다. 랭보는 베를렌느의 울증을 경멸하는 동시에 사랑하고, 베를렌느는 랭보의 조중을 증오하는 동시에 사랑한다. 그들의 사랑은, 난해한 랭보의 시만큼이나 어렵다. 그

팡땡 라뚜르 〈보들레르 50주년 파티〉 부분(1871)

래서 이해가 더디고 꼭 그만큼은 아니라 하더라도 모순적이고 불안해하
며 서로의 모습을 더 알지 못해 안달하는 모습은 영락없이 우리들 모습
이다.

　술과 마약 같은 방탕한 생활로 몸을 망가뜨리면서 그렇게 랭보가 얻
고 싶어 했던 것은 세상을 변화시키는 신적인 역할이었다. 시로 세상을
바꿀 꿈을 갖게 된 그는 "당신은 시를 어떻게 쓰는지 알지만, 나는 시를
왜 쓰는지 안다."고 말한다. 본질을 잃어버린 껍데기로부터 자기부정을
통해 낯선 시를 쓰고자 했고, 프로메테우스처럼 신의 불을 훔친 미래의
근원이 되고자 했다. 1871년 폴 데메니에게 보낸 〈선지자의 편지〉로 알려
진 두 통의 편지에서 랭보는

"시인이란 무릇 무한한 시간과 공간을 꿰뚫어 볼 수 있고 개인의 인격에 대한 인습적 개념을 형성하는 모든 제약과 통제를 무너뜨려야 한다. 따라서 시인은 의식적으로 감각들을 교란하기 위해 범죄자처럼 모든 것에 대한 위험을 무릅써야 한다."

면서 시인이란 선지자가 되어야 한다며 자신의 새로운 미학을 분명히 했다.

현대시의 직접적인 계보는 보들레르로부터 랭보, 아폴리네르를 거쳐 다다이즘과 초현실주의에 이른다. 랭보가 시를 창작한 기간은 15~20세의 대략 5~6년 정도이다. 감정의 개입 없이 냉정하게 사용했던 오토마티즘을 통해 자신의 무의식을 탐험하며 섬광 같은 10대 소년이 "난 타인이다." 라고 외치는 동안 베를렌느는 랭보에게 '바람 구두를 신은 사나이' 라는 별명을 붙여 준다.

베를렌느는 아름다운 아내와 자식까지 버리고 랭보와 유랑 생활을 한다. "가족과 결혼을 지속시키는 것은 사랑이 아니다." 라고 강조하는 랭보는 베를렌느의 유약함을 조롱하면서도 자신의 어떤 투정도 다 받아들이는 인간애에 집착한다. 이것은 생의 한 시기에 이데올로기라는 숭고한 대상, 즉 아버지의 부재로 인해 쏟아 내지 못했던 열정이 온건한 대상인 베를렌느에게 강박적으로 표출된 것이다. 랭보의 이런 과잉된 자기성애적 몰두는 리비도가 자기중심적으로 사용된 좋은 예이다. 아내에게서 얻을 수 있는 건 육체뿐이라는 베를렌느의 말이나, "나를 사랑한다면 탁자에 손을 올려놔." 라며 칼로 베를렌느의 손바닥을 내리찍는 랭보는 여자를 비하하는 그리스 동성애 개념과 같은 맥락을 지닌 타자다. 손을 칼로 내리친 후 상처 나지 않은 손에 키스하는 장면은 동성애를 상실하지 않기 위한 애착의 절정을 보여 준다.

베를렌느는 랭보의 독단적인 이기심에 지쳐 가고, 랭보는 베를렌느의 잦은 음주와 아내에 대한 불확실한 태도에 경멸을 느낀다. 집착과 애증 사이에서 갈팡질팡하다 랭보가 떠나겠다고 통보하자 이에 격분한 베를렌느가 총기를 휘둘러 감옥에 들어간다. 3년여의 열애 기간을 등지고, 랭보는 고향 집으로 돌아가서 그의 대표작 〈지옥에서 보낸 한철〉 연작을 쓴다. 자신으로부터 눈길을 떼지 않았고 쉴 새 없이 자신을 바라보며 "나는 시를 썼고, 그 뒤 단 한 번 안주하지 않고 그 시들을 살았다. 나를 버린 내 아버지와 달리 나는 아들을 낳아 내가 탐험한 세계를 다 보여 줄 것이다. 모든 욕망이 실현되는 땅을 내 아들에게 보여 줄 것이고 아들과 함께 빛의 대지를 향해 떠날 것이다." 자신이 하는 짓이 무엇인지 자신이 다 알았던 랭보는 그 치열했던 '깨어 있음'에서 자신을 내려놓고 '영혼의 의식성(Bewubtheit)'을 절필한 채 아프리카에서 한쪽 다리를 잃고 37세 무기 밀매자로 숨을 거둔다.

1892년, 랭보가 썼던 문제작들이 베를렌느의 수중에 있다는 것을 알고 있던 랭보의 누이 이자벨은 그를 방문, 모든 작품을 없애 줄 것을 요청한다.

랭보의 세계를 유일하게 이해해 주고 "그대의 눈길은 아침이었다."라고

시로 표현해 줬던 그의 연인인 베를렌느의 전설적인 콜라보레이션이 없었다면 과연 세상이 그를 기억할 수 있었을까.

베를렌느는 『후기 아르튀르 랭보』를 펴냈고 이 책은 비평가들의 극찬을 받았다. 또한 1848년에는 랭보에 관한 『저주받은 시인들』을 출판했다. 랭보는 오늘도 〈나의 방랑〉 첫 행 "(…)/헤진 주머니에 손 찌르고 나는 떠났네/관념만 남아 가는 외투 걸치고/하늘 밑을 떠돌았네(…)" 처럼 오늘도 어딘가로 떠나고 있다.

개봉 : 미국, 1990
원제 : Pretty Woman
장르 : 로맨스/멜로, 코미디
감독 : 게리 마샬
출연 : 리처드 기어, 줄리아 로버츠

피그말리온 효과
<프리티 우먼>

: Pretty Woman

어떻게 사랑을 시작하게 되었느냐!
그것을 내게 묻다니 가혹하군요
수많은 눈길을 읽으시고도

그대를 보는 순간 비로소 인생이 시작된 것을

더구나 사랑의 종말을 알고자 하나요
미래가 두려워 마음은 늘 제자리지만
사랑은 끝없는 슬픔 속을 말없이 헤매이며
죽는 그날까지 살아 있는 것을

_바이런 「어떻게 사랑하게 되었냐고 묻기에」

당신은 무엇가를 간절히 바랄 때 어떻게 하나요?

〈귀여운 여인〉과 오드리햅번 주연의 〈마이 페어 레이디〉(1956)는 1925년 노벨문학상을 수상한 영국의 버나드쇼의 희곡 〈피그말리온〉(1913년)이 원작이다.

거리에서 하루하루 몸을 팔아 생계를 유지하는 창녀인 비비안은 M&A 회사를 운영하는 백만장자 에드워드 루이스의 차에 올라탄다. 그와의 며칠 동안, 비비안은 상류사회를 경험하고, 명품 옷을 얻어 입고, 식탁 예절까지 배운다. 처음에는 돈 때문에 시작했지만, 나중에는 에드워드를 사랑하게 된다. 자아에 눈뜨게 된 비비안은 창녀 일을 접고 공부를 하러 떠나겠다고 가방을 싼다. 떠나려는 날 아침 에드워드가 자동차의 지붕을 열고 입에 장미꽃을 물고 나타나 비비안에게 청혼한다. 고소공포증이 있는 그가 비비안의 아파트 난간 사다리를 타고 올라가고, 비비안은 좇아내려가 둘은 격정적인 키스를 한다.

1914년 영국에서 초연한 버나드 쇼의 『피그말리온』 역시 그리스 신화를 바탕으로 한 희곡이다. 중년 독신인 음성학자 헨리 히긴스는 우연히 꽃 파는 소녀 일라이자를 만난다. 심한 사투리를 3개월 내에 고쳐서 후작 부인으로 행세시킬 수 있다고 장담하고 친구 피커링 대령과 내기해 실제로 이 훈련에 성공한다. 그는 극 중에서 강하고 재능 있는 신여성 '일라이자'를 만들어 낸다. 제1막에서 비를 맞으며 꽃 한 송이라도 더 팔기 위해 구차하게 대령에게 매달리던 소녀가, 제5막에서는 자신을 숙녀로 만

들어 준 히긴스에게 동등한 언어와 태도로 맞선다. 히긴스의 혹독한 훈련을 통하여 상류계급에 어울리는 숙녀로 거듭나게 되지만 그녀가 선택한 남자는 불행하게도 자기 이행적 예언을 성취시킨 히긴스가 아닌 다른 남자였다.

한마디로 이곳에 등장하는 신데렐라는 영혼이 없는 개체로서 남성을 위한 갈비뼈인 작품들이다. 한술 더 뜨는 것은 남성우월주의에 매몰된 일라이자 아버지인 둘리틀이다.

—둘리틀 : "결혼하면 일라이자가 후회하게 되겠죠. 하지만 나리보다는 그 애가 후회하는 게 낫습죠. 그 애는 여자에 불과하고 어차피 행복해지는 법을 모르니까 말입죠. 일라이자가 나아지기를 원하신다면 나리, 직

접 매질을 하십시오."

　—일라이자 : "난 무엇에 어울리는 사람이죠? 나를 무엇에 어울리는 사람으로 만드신 거예요? 나는 어디로 가야 해요? 난 뭘 해야 하죠? 나는 어떻게 될까요?"

　"나는 꽃을 팔았지 나를 팔지는 않았어요. 당신이 나를 숙녀로 만들어 버려서 나는 이제 어떤 것을 팔아도 어울리지 않아요."

　—하긴스 : "네가 출세했다고 옛 친구를 끊으면 안 되지. 그걸 속물근성이라고 부르는 거다."

　자아를 갖게 된 일라이자는 선택을 받는 대신 자신이 대상을 선택한다. 그러나 할리우드 영화 〈마이 페어 레이디〉에서는 자기를 가르치던 히긴스를 선택한다. 신화 속 피그말리온, 그가 사랑했던 갈라테이아, 히긴스가 사랑했던 일라이자, 〈귀여운 여인〉에서 성공한 사업가 리처드 기어(에드워드 역)가 사랑했던 창녀 줄리아 로버츠(비비안 역)는 온전한 인격체를 가진 사람이 아니라 자기 스스로의 이상화된 꿈을 사랑한 여인들이었다.

그러나 언어 교정과 예절 훈련으로 계급 상승과 함께 인간 존엄의 진정한 가치에 눈을 뜬다. 교육이 끝난 후 자신의 운명을 결정지을 수 있는 한 인격체로 거듭난다.

처음에는 '된장녀'로 시작했지만 결과는 참으로 압권이다. 어찌 되었든 재미있고 달콤한 영화임에는 확실하지만 조금만 깊이 들여다보면 그들 모두는 주종의 관계로 엮여 신데렐라 콤플렉스를 실현하는 존재들이다. 다시 말해 페미니즘적 시각으로 다가서면 짜증나고 불편한 진실일 뿐이다. 그렇다면 원본 신화는 어땠는지 좀 더 들어보고 가자.

그리스 키프로스섬에 꽃미남 피그말리온 총각 왕이 살았다. 키프로스 처녀들은 자신의 나라를 방문한 나그네를 죽이고 아프로디테의 신전을 그들의 피로 물들였다. 분노한 아프로디테는 자신을 모독한 벌로 결혼하기 전, 처녀들은 일정 기간 동안 항구로 나가 남자들에게 몸을 팔게 하여 그 화대를 모아 결혼 지참금으로 쓰는 벌을 내렸다. 섬의 모든 처녀가 몸을 파는 것을 본 피그말리온 왕은 세상의 어떤 여자도 사랑할 수 없었으며, 혐오스런 마음밖에 들지 않았다. 그래서 고심 끝에 자신이 사랑할 수 있는 아름다운 상아 여인을 조각하였다. 이름을 '갈라테이아'라고 지어 주고 매일 아침 굿모닝 눈인사를 보내면 금방이라도 살아서

장 레옹 제롬 〈피그말리온과 갈라테이아〉 1882, 런던 브리지먼 아트 라이브러리

움직일 것만 같았다. 정사를 돌보러 나갔다 들어올 적에는 예쁜 목걸이
와 귀걸이를 사다 걸어 주고 멋진 스카프를 감아 주는 건 물론 빨간 루
즈는 기본이었다. 잠들지 못하는 밤에는 비단 요에 그녀를 고이 뉘이고
쓰다듬으며 잠이 들곤 했다.

　비너스 축제날이었다. 피그말리온은 언제나처럼, 갈라테이아가 자신의

아내가 될 수 있게 해 달라고 간절히 무릎 꿇고 기도를 했다. 아프로디테는 그의 사랑에 감동하여 여인상에게 생명을 불어넣어 주었다. 집으로 돌아온 그가 갈라테이아에게 입을 맞추자 세상에나~ 살아 있는 사람처럼 뜨겁고 길게 포옹을 하는 것이었다.

장 레옹 제롬의 명화 〈피그말리온과 갈라테이아〉는 일단 이 사랑이 콤플렉스에서 비롯되었다는 장치들을 깔아 놓았다. 오른쪽 선반에 있는 입을 벌린 가면은 고대 그리스의 희비극에서 쓰인 것으로 이 사건 자체가 남성 입장에서 보면 끝내주는 희극이지만 여성 입장에서 보면 남성과 동등하지 못한 비극이라는 것을 나타낸다. 왼쪽에 놓은 타나그라 인형은 당시 그 지방에서 묘지의 부장품으로 쓰인 것이므로 이 조각상이 생명을 부여받기 전에는 타나토스였다는 것을 의미한다.

'피그말리온 효과(Pygmalion effect)' 란 간절히 열망하면 꿈을 이룬다는 자기 암시의 긍정적 예언이다. 일명 '로젠탈 효과' 혹은 '지성감천(至誠感天)' 으로 부르기도 한다. 맞는 말이다. 매스로우 역시 '욕구위계이론'에서 의식주의 충족이 아닌 자아실현을 하는 상위 욕구에서 행복을 찾는다. 바로 자립인 것이다. 한없이 바라며, 꿈을 향해 열정적으로 달린다면 당신의 소망은 반드시, 꼭, 이루어질 것이다.

개봉 : 한국, 2013
장르 : 드라마(시대극)
감독 : 한재림
출연 : 송강호, 김혜수, 이정재, 백윤식, 조정석, 이종석

인류의 가장 오래된 사회미학
<관상>

: The Face Reader

빈자리가 하나도 없다. 어디서 온 상(相)들일까? 여우상, 말상, 호랑이상, 쪽제비상, 너구리상, 처용상, 늑대상, 살쾡이상, 해바라기상, 붓꽃상, 배꽃상, 꽃무릇상, 코스모스상, 감자상, 모과상, 칠면조상, 도깨비상, 바리떼기상, 영등할미상을 하였다. 관상을 보러 온 사람들은 성형 코에 모두 안경을 썼다. 뿔테 안경, 티타늄 안경, 로이드 안경, 무테 안경, 은테 안경, 금테 안경, 3D 안경, 4D 안경이다. 사람들은 유리창 같은 눈을 번득거리며 한숨을 내뱉은 제 얼굴에 안심을 긋는다. 사람의 얼굴에는 세상 삼라만상이 모두 다 들어 있다.

사람의 생김새, 즉 얼굴 모습, 걸음걸이, 목소리, 눈빛 등을 보고 그의 운명, 성격, 수명 따위를 판단하는 일이 바로 '관상'이다. 관상은 인류의 가장 오래된 사회미학으로서 시대를 거치면서 관상학으로 발전해 왔다. 이렇듯 관상에 대한 관심은 인류의 역사와 맥을 같이한다. 과거뿐만 아니라 21세기의 당신도 관상을 믿고 관상쟁이의 말 한마디에 기분이 오간다.

그래서 만남이 이루어질 때마다 상대방의 좋은 상과 나쁜 상을 구별하고, "당신은 참 좋은 관상을 가졌소."라는 소리를 듣기 위해 화장실 거울에서 혼자 실실 미소 짓는지도 모른다. 관상은 대략 다음과 같이 구분된다.

---

1. 둥근형: 대인관계에 있어서 가장 원만한 얼굴형이다.

2. 긴 얼굴형: 말상은 독립심이 강해 어떤 일을 끝까지 밀어붙인다.

3. 초생달형: 턱 모양이 앞으로 나온 상은 맨땅발로 정상의 자리에 오른다.

4. 볼록형: 광대뼈가 나온 상은 새로운 일을 하고 있는 도중에도 자꾸 다른 쪽을 곁눈질하느라 끈기가 부족한 편이다.

5. 모난형: 교양 있는 스타일이지만 감정이 메마르고 자신감이 부족하다.

6. 삼각형: 초년 운이 좋지 않지만 고독한 이미지상은 센스가 있다.

7. 역삼각형: 우직함은 초년 운부터 늙어서까지 좋은 상으로 상대방에게 믿음직한 인상을 남긴다.

8. 마른형: 신경과민형으로 예능계에서 두각을 나타내며 고통받는 이에게 위로해 줄 줄 아는 따뜻한 마음씨의 소유자다.

9. 살찐형: 무게감이 있는 상으로 상대방을 적으로 돌리는 경우가 적으며, 친분이 있는 사람에게 배신을 당하는 경우가 극히 적다.

 동양에선 상을 통해 길흉화복을 점치는 예언적 관상이 발달한 반면, 서양은 개인의 성격 · 감정 · 지성 등을 파악하는 성격분석적 관상이 발전했다. 철학자이며 관상학자였던 아리스토텔레스는 『관상학』에서 "둔한 사람의 눈은 창백하고 멍하며 턱은 크고 살이 쪘으며 이마가 넓고 둥글다."고 인간의 성격을 구분 짓는다. 그러고 보면 규범에 어긋나는 인간을 멀리하겠다는 관상의 본질은 고대로부터 현대까지 변하지 않은 것 같다. 당신은 어떤 상이신가요?

 영화 〈관상〉은 한 노인이 임금이 자신의 목을 베러 온다며 초췌한 모습으로 자신의 삶을 이야기하면서 시작된다. 가솔을 잃어 혈육이 없고, 평생 4명의 임금을 모시며 계유정란을 뒤에서 돕는 모반의 책사인 계유정란의 일등공신 한명회는 초야에 칩거하여 살아가는 관상가인 내경(송강호)을 찾아가 자신의 관상을 본다. "기이하고 묘한 관상이나 목이 잘릴 운명이라고…… 난 사람의 모습만 보았지 시대의 모습은 보지 못했소. 시시각각 변하는 파도만 본 격이지, 바람을 보아야 하는데, 파도를 만드는 건 바람인데 말이오."

살아서는 평생 내경의 말처럼 목이 잘리지 않기 위해 공평과 소언을 통해 임금들과 신하들, 백성들의 칭송을 받으나, 죽은 후에 연산군에 의해 부관참시를 당하는 운명을 피해 갈 수 없음을 은연중에 확인시킨다. 이때가 바로 예언이 들어맞는 복선구조이다.

> 머리는 하늘이니 높고 둥글어야 하고
> 해와 달은 눈이니 맑고 빛나야 하며
> 이마와 코는 산악이니 보기 좋게 솟아야 하고
> 나무와 풀은 머리카락과 수염이니 맑고 수려해야 한다
>
> 이렇듯 사람의 얼굴에는
> 자연의 이치 그대로 세상 삼라만상이 모두 담겨져 있으니
> 그 자체로 우주이다
>
> _〈관상〉 내경의 대사 중에서

이러한 〈관상〉이 2013년 가장 뜨겁게 흥행에 성공했다. 멀티캐스팅이 통한 것이다. 2010년 영화진흥위원회 시나리오 대상을 수상한 김동혁 작가가 '관상'이라는 독특한 소재로 탄탄한 이야기를 다룬 시놉시스다. 관상이라는 큰 기둥을 중심으로 시대를 뒤흔든 역사적인 사건과 역사의 광

풍 속으로 뛰어든 어느 한 남자의 기구한 운명, 그리고 뜨거운 부성애, 각기 다른 얼굴만큼이나 다양한 인간 군상들의 욕망까지, 하나의 거대한 스펙트럼을 담아내고 있다. 특히 사람의 마음을 훔쳐보는 재주를 가진 관상가가 궁에 들어가 인재를 등용하는 일에 비범한 능력을 발휘하고, 나아가 관상으로 역적을 찾아낸다는 설정은 호기심을 자극하기에 충분하다.

시대를 불문하고 모두가 궁금해하는 관상! 〈관상〉은 수양대군^(이정재)이 조카 단종과 왕의 편에 서 있는 김종서^(백윤식)를 밀어내고 왕좌에 오르기까지의 과정을 천재 관상쟁이 김내경의 시점에서 풀어 나가는 밀서이다.

역적 자식이라 출세와는 거리가 멀어진 김내경은 처남 팽헌, 아들 진형과 산속에 칩거하여 살고 있다. 그는 사기꾼 관상쟁이인 기생 연홍의 제안에 마음이 움직여 한양으로 올라와 연홍의 기방에서 관상을 봐준다. 용한 관상쟁이로 한양 바닥에 소문이 돌던 무렵, 내경은 김종서로부터 사헌부를 도와 인재를 등용하라는 명을 받아 궁으로 들어가게 되고, 수양대군이 역모를 꾀하고 있음을 알게 된 그는 위태로운 조선의 운명을 바꾸려는 김종서를 돕는다.

본디 족상보다는 수상이요, 수상보다는 관상, 관상보다는 심상이라 하였으니 현대 의술의 도움으로 성형수술로 얼굴과 손금까지 고치는 시대의 관상은 과연 얼마나 의미가 있을까? 레너드 주닌은 책 『첫 4분간의 접촉』에서 처음 만난 사람의 인상을 결정짓는 시간은 4분이면 충분하다고 말한다.

비근한 예로 프랑스에서는 취업 면접 시마다 관상에 큰 비중을 두고, 미국 역시 비즈니스 협상 테이블에서 상대의 관상과 매너에 따라 사인(sign)이 되기도 하고 실패하기도 하니 말이다. 마찬가지로 삼성의 채용 면접 시에 고 이병철 회장 옆에 꼭 관상쟁이가 앉아 있었다는 사실은 다 아는 공공연한 비밀이었다. "인간의 본성은 얼굴에 나타나므로 범죄자를 구별할 때 관상학을 사용하는 것이 합리적"이라고 주장한 관상학자 카스퍼 라바터처럼, 최첨단의 현대 범죄학에서 유독 상을 중시하고 있다는 것은 상의 위상이 결코 만만치 않다는 것을 나타내 주는 증빙이라 하

겠다. 그러니 성형 기술이 발달한 이 시대에 좋은 짝을 만나거나 좋은 직
장에 들어가기 위해 성형수술을 하는 건 당연한 결과인지도 모르겠다.

조선 최고의 관상가 내경 역을 맡은 송강호는 봉준호 감독의 〈설국
열차〉에서 막강한 필모그래피를, 〈관상〉에서는 선비 화가였던 윤두서
(1668~1715)와 너무나 닮게 분장한 신들린 연기를 선보였다. 최동훈 감독의
흥행 파워로 〈도둑들〉에서 호흡을 맞춘 이정재와 김혜수는 역사상 가장
매력적인 악역과 팔색조 기생 역으로 아드레날린이 솟아나는 연기 호흡
을 맞췄다.

여기에 팁 하나.

당신 몸에 숨겨져 있는 점은 행운을 암시한다. 검은 점은 짙을수록 좋고, 붉은색은 구설과 다툼, 흰색은 우환과 횡액, 누른색은 의리가 없다. 당신 얼굴 중앙선에 점이 있다면 제거 수술을 받는 게 낫고 손에 있는 점은 다 좋은 점이다.

관상학의 문명사는 지금도 강력한 영향력으로 개인을 움직인다. 얼굴을 통해 상대의 사회적 정체성을 인식하려는 관상학적 관음의 욕망은 구별 짓기의 역사이다. 상을 본다는 것은 자신을 방어하는 동시에 누군가를 경계하는 도구가 되었기 때문이다. 어쩌면 관상이란 훔쳐보기의 역사, 관음증의 역사인지도 모른다. 어두컴컴한 인간시장을 빠져나와 집 없는 짐승들같이 바바리코트에 꼬리를 감추고 네온의 정글 속으로 사라지는 관음증 환자인 백석과 나처럼. 아니 당신과 나타샤와 당나귀처럼.

거리는 장날이다
장날 거리에 녕감들이 지나간다
녕감들은
말상을 하였다 범상을 하였다 쪽재피상을 하였다

개발코를 하였다 안장코를 하였다 질병코를 하였다
그 코에 모두 학실을 썼다
동체돋보기다 대모체돋보기다 로이도돋보기다

녕감들은 유리창 같은 눈을 번득거리며
투박한 북관말을 떠들어 대며
쇠리쇠리한 저녁해 속에
사나운 즘생같이들 사러졌다

_백석 「석양」 전문

개봉 : 영국, 2012
원제 : Anna Karenina
장르 : 드라마
감독 : 조 라이트
출연 : 키이라 나이틀리(안나 카레리나), 주드 로(알렉시 카레닌), 브론스키(아론 존슨)

사랑, 그 아픈 주술
<안나 카레니나>

: Anna Karenina

사람은 사랑한 만큼 산다
저 향기로운 꽃들을 사랑한 만큼 산다
저 아름다운 목소리의 새들을 사랑한 만큼 산다
숲을 온통 싱그러움으로 채우는 나무들을 사랑한 만큼 산다
사람은 사랑한 만큼 산다
이글거리는 붉은 태양을 사랑한 만큼 산다
외로움에 젖은 낮달을 사랑한 만큼 산다
밤하늘의 별들을 사랑한 만큼 산다
홀로 저문 길을 아스라이 걸어가는
봄, 여름, 가을, 겨울의 나그네를 사랑한 만큼 산다
예기치 않은 운명에 몸부림치는 생애를 사랑한 만큼 산다
사람은 그 무언가를 사랑한 부피와 넓이와 깊이만큼 산다
그 만큼이 인생이다

_박용재 「사람은 사랑한 만큼 산다」

'행복한 가정은 모두 고만고만하지만 무릇 불행한 가정은 나름나름으로 불행하다.'라는 첫 문장으로 시작되는 이 소설과 마찬가지로 가정에서 펼쳐지는 인간심리를 사실적으로 보여 주는 영화다. 러시아의 대문호 레프 니콜레예비치 톨스토이(1828~1910)의 『안나 카레니나』는 토마스 만의 표현대로 단순한 연애소설이 아닌, 농노제 붕괴에서 러시아 혁명에 이르기까지 한 시대의 초상을 그려낸 위대한 '사회소설'이었지만 영화는 사랑의 연금술에 부피를 더 실었다. 톨스토이가 인생에서 허무함에 지쳐 자살에 대한 강한 욕망을 느낄 때 집필한 이 수작은 계속해서 리메이크되는 영원한 사랑의 원형 콘텐츠다.

'사랑'에는 세 단계가 있다. 욕망과 끌림과 애착의 단계다. 연인들이 사랑의 콩깍지에 덮이는 것은 두 번째인 끌림 단계이고 커플 관계를 장거리 선수로 만들어 주는 것은 세 번째 애착형성 부분에서다. 〈안나 카레니나〉는 욕망과 끌림까지는 완벽을 추구했는데 애착형성 부분에서 해리를 만나 서로 분리를 선언하고 만다.

롭 마셜 감독의 〈캐러비안의 해적〉 시리즈와 〈비긴 어게인〉, 〈에베레스트〉 등에 출연해서 익숙한 키이라 나이틀리는 조 라이트 감독의 〈오만과 편견〉을 통해 연기과 배우로 자리 잡았다. 그녀는 사랑을 위해 세상을 버리고 자신을 버리고 거침없이 추락하는 한 여인의 내면을 심도 깊게 연기한다. 제인 오스틴의 고전 소설이 원작인 영화 〈오만과 편견〉으로 라이트 감독과 처음으로 호흡을 맞춰 호평을 받은 이들은 7년 만에 다시 손을 잡은 것이다.

영화의 도입부가 굉장히 독특하다. 뮤지컬 무대인 줄 알았다. 고전을

새롭게 재현시킨 아름다운 화면은 롱테이크로 담아내고 비운의 여주인
공은 왕정 러시아의 부패와 타락의 팔색조로 등장한다.

19세기 후반 러시아 정계 최고의 정치가인 남편 카레닌(주드 로 분)의 아
내인 안나 카레니나는 사랑스러운 8살 아들과 호화로운 저택에서 안락
한 삶을 누리고 있다. 아름다운 외모에 밝은 성품까지 지닌 그녀는 사교

계의 꽃이다. 그러던 어느 날 우연히 기차역에서 만난 장교 브론스키(애런 존슨)의 끈질긴 구애가 시작된다. 연속되는 파티의 삶을 살지만 마음속은 둥근 씨를 매단 대파의 텅 빈 공허함이 자리 잡고 있다. 원칙주의자이며 일밖에 모르는 고리타분한 남편에게 염증을 느끼고 있던 그녀에게 젊고 매력적인 브론스키는 특별한 존재로 다가온다. 도덕적이고 이성적인 남편에 비해 참신한 감성과 낭만적인 화술로 다가오는 위험한 관계는 그러나 곧 사교계를 장악한다. 그를 만날수록 심리학적 합리화는 쓰나미가 되어 몰아친다.

　사랑은 양날의 칼이다. 사랑은 약인 동시에 독이다. 신화, 속담, 클리셰, 경구, 우화 등 세상 모든 이야기의 뼈대를 이루는 근간이다. 받는 것보다 주는 것이 더 좋다. 사랑은 주는 것이라고 규정할 때, 사랑해 본 적 없는 이에게는 황홀한 특정 이미지를 연상케 하는 편리함이지만, 때로는 그 덫에 걸리는 마법이기도 하다. 만약 이런 사랑을 원심분리기에 넣고 돌린다면, 1. 에피투미아(동물적 사랑) 2. 에로스(인간의 사랑) 3. 스토르게(가족간) 4. 필레오(우정) 5. 아가페(신의 사랑)가 줄줄이 분리되어 쏟아질 것이다. 이 영화의 전체를 관통하는 것은 온갖 스타일의 사랑이지만 끝까지 우리를 끌고 가는 것은 불륜이라는 주제이기 때문이다.

　뮤지컬 무대가 배경으로 사용 되어서인지 증기기관차의 역동적인 이미지, 스케이팅을 즐기는 모습, 댄스파티, 경마대회 등 시대를 반영하는 멋진 화면들이 등장하는 인물들의 심리를 더욱 신선하게 보이도록 만든다.

　주인공인 안나 카레니나 역은 당대의 명배우들이 도전한 캐릭터다. '그레타 가르보'와 '비비안 리'를 비롯하여 가장 최근에는 '소피 마르소'가 이 역할을 소화했다. 이번 여주인공인 키이라 나이틀리는 170cm 키, 유리잔이 미끄러져 내려갈 것 같은 긴 목선, 연약한 허리, 깊고 그윽한 눈, 드레스가 어울리는 장밋빛 품격으로 당신의 시선을 집중시킨다.

평온하게 스케이트장에서 행복한 오후를 보내던 남편은 한참 후에야 아내의 불륜 사실을 알게 된다. 자신의 마법이라고 생각했던 아내가 낯선 남자의 품으로 넘어간 것이다. 그러나 사회적 예의상 자신의 분노를 억압하는 대신 이혼해 달라는 아내의 간청을 무시하고 아들마저 빼앗아 단절시킴으로서 애정분리라는 방어를 구축한다.

Anna Karenina

안나는 왕궁 같았던 집을 나와 브론스키와 행복한 나날을 보내던 중 임신한 것을 알게 된다. 이 사실을 듣고 갑자기 허둥대는 브론스키의 모습에서 실망을 느낀다. 익숙해지지 않는 새로운 환경의 외로움과 그에 대한 불신이 차츰 커지는 와중에 예쁜 딸을 낳는다. 브론스키는 아직 몸도 추스르지 못하는 그녀와 갓난아이를 데리고 이탈리아로 떠난다. 그러나 자유분방했던 사교계의 꿈같던 나날들과 하나밖에 없는 아들에 대한 그리움이 증폭되면서 알코올중독과 마약중독에까지 이른다. 이런 독점 욕구의 환상과 실제를 오가는 플래시백 장면과 샤레이드 기법은 마치 환타지 영화처럼 몽환적인 느낌을 준다.

1870년대 '빛의 제국'이라 불렸던 러시아, 특히 그 상류사회의 화려함을 어떻게 표현할까 고민하던 감독은 무대 전반을 금색으로 도금한다. 엄청난 양의 도금 작업으로 인한 화려함이 여기서 그치는 것이 아니다. 안나와 브론스키의 사랑 무드가 액팅아웃으로 그려지는 무도회장 장면에서 그녀의 화려하고 절대적인 아름다움을 표현하기 위해 엄청난 드레스뿐만 아니라 200만 달러의 샤넬 스파클링 다이아몬드 목걸이를 사용한다. 그녀의 드레스는 '제85회 아카데미 시상식'에서 의상상을 수상했을 만큼 관객의 시선을 빨아들인 것은 물론 브론스키의 욕망을 욕망한 사회적 신분의 상징이었다.

사회가 추구하는 도덕적인 삶을 헌신짝처럼 벗어던진 안나는 머글(Muggle)의 세계에서 마법사의 세계로 들어간 것이다. 브론스키와의 사랑에 눈이 멀수록 존재의 불안감은 커지고 가까운 사람들의 수군거림에 상처

받기 일수인 패러독스 세상이 기다린다. 차츰 사랑을 조여 오는 사랑의 밑바닥에 숨어 있던 악마의 그림자로 인해 안나는 강박신경증으로 죽어 간다. 나는 그녀의 침대 곁에 앉아 있다. 타고, 부서지고, 깨지다 유리 파편으로 주위 사람들을 찌르는 이것이 내가 천만년 전부터 갖고 싶었던 사랑일까?

회생할 수 없는 아내의 마지막 소원에 따라 브론스키의 딸을 자신이 데려와 티 없이 기르는 남편의 절제된 감정의 굳은살 연기는 압권이다. 역시 초자아(superego)의 충실한 표상답게 결혼이란 책임을 지는 것이라는 명제를 뚜렷하게 행동으로 각인시킨다. 수레국화 꽃술에 앉아 꿀을 빨고 있던 브론스키는 안나의 마음에서 날아가 버린다. 책임을 회피한 채 그녀를 기찻길로 인도하고 그녀의 자살에 죄책감을 느낀 그는 자신의 딸은 생각할 겨를도 없이 전쟁터로 떠난다. 그토록 사랑을 위한 사랑만을 부르짖던 그녀. 자기감정을 그대로 현존으로 옮긴 그녀. 동고비새처럼 나뭇가지를 교묘하게 올라가고 내려오면서 먹이를 찾던 그녀. 쇼팽의 겨울바람 속으로 자신을 몰고 들어간 그녀. 다시는 자신에게 돌아오지 못한 쓸쓸한 그녀. 사랑과 질투, 용서와 분노, 생과 사의 투쟁이라는 생의 근원적인 양면성의 한계를 극단까지 보여 준 에피투미아적 심리작이라면 무례일까?

이별에 대한 공포심과 두려움으로 브론스키에게 지나치게 집착하던 안나. 쾌락 원칙에 의해 작동되던 안나. 살기 위해 죽음 같은 사랑을 선택한 본능(id)의 충실한 표상인 안나. 완전했다고 믿은 사랑에 차여 산산이 부서지는 안나. 상대의 영혼까지 갉아먹는 불안감이 자신을 죽음으로 몰고 간 안나. 맞다. 욕망은 충족되었다고 믿는 순간 미끄러져 내려가기 마련이다. 사라지는 미끄러움을 경계하려면 무엇이든 가득 충족되지 말아야 한다. 사랑이, 완전한 사랑을 갈구하는 것처럼 어리석은 것도 없다. 그의 사랑을 정말 원한다면 그저 길게 충족을 연기시키며 가면 되는 것이다. 하지만 사랑의 속성이 어디 그렇던가. 박용재의 시 「사람은 사랑한 만큼 산다」처럼 사람은 사랑한 만큼 사는 게 아닐까. 로버트 저메키스 감독의 미래로 가는 영화 〈백튜더 퓨쳐〉에서는 자동차가 88마일에 도착하면 시간 이동이 가능한 것처럼, 연인들은 사랑이란 오픈카를 타고 미지의 세계로 탈출하고 싶은 것이다.

아휴우~ 근데 왜 아직도 내가 12층 아파트 계단을 뛰어올라온 것처럼
심장이 뛰는 걸까?

개봉 : 한국, 2012
장르 : 멜로/로맨스
감독 : 정지우
출연 : 박해일 , 김무열 , 김고은

욕망이라는 이름의
<은교>

: Eungyo

관능은 생로병사가 없는 모양이다
가슴이 계속 두근거리는 것은 그 때문이었다
젊은 날에 만났다면,
그리하여 너와 나 사이에 아무런 터부도 없었다면
너를 만난 후, 나는 아마 시를 더 이상 쓰지 않았을 것이다
네게 편지를 쓰면 되니까

_박범신 『은교』 중에서

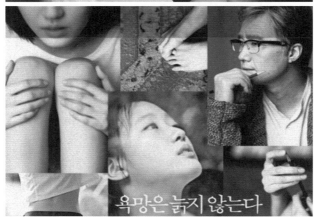

욕망은 늙지 않는다

툭 터놓고 말해서 인간은 대개 두 가지 유형으로 구분된다. 이성적인 테크네(techme)와 비이성적인 뮤지케(musike), 즉 다산형과 관능형이다. 다산형은 테크네가 발달한 사람으로 사랑을 쾌락원칙 대신 부모가 되기 위한 준비 과정으로 받아들인다. 이 유형은 관능적 상상력보다 현실의 경제적인 생활에 관심이 많다. 돈을 최상의 가치로 숭배하는 이들은 사랑을 위한 사랑보다 자신의 씨를 뿌릴 수 있는 많은 밭을 소유하길 원한다. 종교적 광신, 명예의 맹신, 미술품 수집벽, 가부장적 엄격주의 등으로 그들의 욕망이 변형, 전이되어 나타나기도 한다.

관능형은 영감의 원천인 뮤지케가 발달한 사람으로서 쾌락원칙에 따라 사랑을 상상한다. 예술가형인 이들은 애초부터 가문의 번창이나 도덕적 의무보다 개인의 취향인 예술로 자신을 승화시켜 작품을 남긴다.

박범신의 동명 소설 『은교』를 영화화한 〈은교〉는 소녀의 싱그러움에 매혹 당한 70세 위대한 시인 이적요(박해일), 스승의 천재적 재능을 질투한 35세 제자 서지우(김무열), 위대한 시인을 동경한 17세 소녀 은교(김고은)란 뮤지케와 테크네들의 대 반란이다. 서로 갖지 못한 것을 탐하는 뮤지케와 테크네인 세 사람의 사랑과 욕망, 질투의 퍼포먼스다.

데뷔작 〈해피엔드〉로 센세이션을 일으켰던 정지우 감독은 특유의 깊이 있는 심리묘사와 아름다운 영상미로 세 사람의 질투와 매혹을 색칠했다. 이적요로 분한 박해일은 자신보다 나이가 두 배나 많은 노시인으로 변신하기 위해 매 촬영마다 8시간이 넘는 특수분장을 감내했으며, '천의 얼굴'이라는 별명에 걸맞게 소녀 은교로 인해 흔들리는 뮤지케의 내면까지 고스란히 표현해 냈다. 뮤지컬계의 슈퍼스타로 시작해 드라마와 영화로 활동 영역을 넓히고 있는 김무열은 이적요를 아버지처럼 모시는 소설가 서지우이다. 삶의 원형을 따라 성장한 것 같이 스승을 존경하지만 스승의 천부적인 재능을 질투하고 그가 갈망하는 은교를 탐하면서 서서히 파렴치한 인물로 변해 간다. 서지우는 스승의 작품을 내어 상을 타고, 스승이 사랑하는 은교를 쟁취하는 전형적인 테크네의 복합적인 심리를 완벽하게 그려 냈다. 300대 1의 치열한 경쟁을 뚫은 김고은의 페르몬은 안개 낀 날 방금 구워 낸 빵 냄새처럼 아주 멀리 퍼진다.

이적요는 '국민시인'이다. 지극히 평온한 일상을 보내던 어느 날 불현듯 나타난 은교의 빛에 매료되면서 억압되어 있던 자신의 욕망이 흔들린다. 귓불에 난 솜털과 땀에 젖은 머리카락까지 눈부시다 못해 투명하다. 그러던 어느 날 은교와 이적요, 서지우는 함께 뒷산에 오른다. 가파른 정상에서 은교는 엄마에게 생일 선물로 받은 거울을 손에서 떨어뜨린다. 거울은 낭떠러지 바위에 걸쳐져 있다. 서지우는 위험하다고 만류하지만 스승은 떨어진 거울을 줍기 위해 위험천만하게 바위를 탄다. 사랑이다. 이 장면에서 수로부인이 되고 싶었던 것은 내 탓이 아니다.

자줏빛 바위 가에

잡고 있는 암소 놓게 하시고,

나를 아니 부끄러워하시면

꽃을 꺾어 바치오리다

_『삼국유사』권2 〈기이 제이(紀異 第二)〉 '수로 부인' 편

제33대 성덕왕 때 순정공이 강릉 태수로 부임하러 가다가 바닷가에 머물러 점심을 먹었다. 곁에는 산봉우리가 병풍처럼 바다에 다가서 있는데, 높이가 천 길이나 되었고, 그 위에는 철쭉꽃이 무성하게 피어 있었다. 순정공의 부인 수로가 이것을 보고 좌우에 있는 이들에게 말하였다. "꽃을 꺾어다 바칠 사람이 그 누구인고?" 종자(從者)들이 말하였다. "사람의 발자취가 다다를 수 있는 곳이 아닙니다." 모두들 불가능하다고 물러섰는데, 그 곁으로 암소를 끌고 지나가던 노옹이 수로 부인의 말을 듣고 그 꽃을 꺾어 노래를 지어서 바친 배경 설화를 그대로 오마주하였다.

이렇게 정지우 감독은 '늙음'에 대한 선명한 느낌을 전하기 위해 실제 노배우가 아닌 30대 배우 박해일을 이적요 역으로 전격 캐스팅했을 것이다. 로리타적인 줄거리와 파격적인 체모 노출 등의 외설적 논란을 야기시켰지만 소설 속 은교를 보다 능동적으로 뷰파인더하여 소설과는 또 다른 재미를 선사했다. "『은교』는 내가 나이를 먹어 가며 느꼈던 감정을 토대로 쓴 것이라 다른 어떤 작품보다 각별하다."고 말한 원작자의 든든한 지지 속에 수려한 영상미와 배우들의 투사와 전이, 동일시로 이루어진 적요한 주무대인 이적요의 오래된 집은 은교를 위해 준비된 성소였다. 지하 1층의 서재는 수천 권의 책과 위쪽에 뚫린 창문으로 새어 들어오는 빛은 압권이다. 낡은 소파와 몽당연필, 빛바랜 원고지와 책 등 손때 묻은 소품들, 여기저기 벽에 붙인 짧은 싯구들 역시 시인의 손길이 느껴진다. 은교는 부모 사랑을 받지 못한 결핍을, 책의 향기로 물씬 뒤덮인 서재가 있는 이 집에서 아르바이트를 하며 노시인에게서 채운다. 엄마로부터 매질로 받은 상처를 오래된 집은 웃으며 괜찮아, 괜찮아, 쓰다듬어 준다. 그러나 정신적 결핍은 테크네인 이적요의 시로, 육체적 결핍은 뮤지케인 서지우의 짐승으로 채우는 이중성에서 사랑의 핏줄을 찾는 소설 속 은교가 살아난다. 그렇게 보기로 한다.

가장 감명 깊었던 장면은 서지우가 훔친 이적요의 작품 『은교』로 문학상을 수상하는 장면이다. 그 사실을 알게 된 이적요는 용서할 수 없는 제자의 행동에 분노하지만 무엇보다 부끄러운 것은 자신의 내면을 통째로 들켰다는 사실에 더 분노한다. 그러나 기대와는 달리 담담한 모습으로 나타나 단상에서 서지우에게 축사를 한다. 그중의 한마디가 명언 중의 명언이다.

"젊음이 너희들의 노력으로 얻은 상이 아니듯 늙음 또한 내 잘못으로 받은 벌이 아니다."

그런 축하 인사를 받고도 스승의 여린 심리를 역습하는 서지우는 자신의 행동을 반성하기는커녕 스승에게 비수를 꽂는 영악함을 보인다. 이렇듯 은교를 향한 두 남자의 매혹된 욕망과 욕구된 욕망에는 위악과 지속이라는 생이 중첩되어 있다. 자신의 소멸되지 않는 갈망의 행간을, 판도라의 상자를, 마지막 진통제를, '예술'에게 도둑맞은 이적요가 카프카의 『변신』에서처럼 한 마리의 늙은 애벌레가 되어 웅크린 채 자신의 심해에 멈춰서 있다. 육체적 쇠락과 소멸을 맞는 이 마지막 장면에서 인간을 훔치는 신의 횡포와 여지없이 맞닥뜨린다.

'은교'는 이적요의 손에서 흘러나온 샹그릴라다. 그의 핏줄에서 미친 듯이 울부짖던 아픈 짐승이다. 지옥의 문을 지켜 주던 설옥이다. 욕망으로도 사랑으로도 가지 못하는 늙은 말발굽. 발목은 가늘어지고 종아리는 침묵의 만조를 이루고. 죽음이 올 때까지 발등을 간질이는 아름다움의 본질을 가지고 있는 사람이란 노인이 아니라 다만 시인일 뿐이다. 은교에 빠져서 은교에게 들어가고 싶어서 인간을 유지하며 노안의 비루함을 두꺼비처럼 투덜대지도 못한 채 그러나 금기의 줄을 긋고 만다. 금기의 금줄이 출렁일 때마다 내가 왜 더 슬펐을까? 74세의 늙은 괴테가 19세 울리케에게 청혼을 거절당하고 가다 그 슬픔으로 지은 「마리엔바트 비가」가 떠올라서일까? 아니면 『백년 동안의 고독』으로 노벨문학상을 수상한 마르케스의 동명 소설이 원작인 영화 〈내 슬픈 창녀들의 추억〉 속

90세 노인과 어린 소녀의 러브스토리가 찔러 대서일까? 보랏빛 그을음 같은 사랑이…….

개봉 : 영국, 2012
원제 : Swan Lake
장르 : 뮤지컬
감독 : 매튜 본
출연 : 리처드 윈저

남자 백조, 피어오르다
〈백조의 호수〉

: Swan Lake

　예술의 전당 오페라 하우스, 푸치니 오페라 〈토스카〉 무대 위에 설치된 그림은 소품이 아니라 화가 박보순의 진품이다. 그림이 맘에 들면 공연을 보며 즉석에서 구입할 수 있는 새로운 형식의 경매다. 세계적으로 드문 이 일탈은 그러나 미술과 오페라의 협업으로 서로에게 도움을 준 쾌거다. 화가는 무대미술 수준을 끌어올리고 공연은 그림 가치를 높인다는 장점을 지녔으니 말이다.

　서울시 국악관현악단의 〈다악일미(茶樂一味)연주회〉에서는 음악을 연주하는 사이사이 차를 마시기도 하고, 춤도 추며 글도 쓴다. 차를 매개로 한 이 퍼포먼스는 노래, 무용, 시, 禪, 그림의 복합적인 공연 형태로 인기를 모으고 있다. 또한 매주 토요일 삼청각에서는 국악과 한방치료를 결합한 치유음악회 〈동행〉도 열린다. 음악을 감상하면서 한방오행음식을 먹는 이 프로그램은 치유를 겸하는 즐거움과 수신(修身)을 통해서 도달하는 고차원적 즐거움으로의 일탈이다. 그뿐이 아니다. 뉴욕 맨해튼 첼시에서는 현재 연극계의 최고 화제작인 〈잠들지 마라〉가 승승장구다. 객실 100여 개가 다 무대인 이 호텔에 들어서는 순간 연극은 시작된다. 흰 가면을 나눠 주는 로비의 직원도 바의 나비넥타이 직원도 다 배우다. 줄거리는 관객이 100개의 방을 돌며 100가지의 연극을 맘대로 관람하는 것이다.

매튜 본의 영화 〈백조의 호수〉는 재현, 복제 예술의 정수다. 섬세하고 서정적인 표현으로 여성 발레의 전형으로 간주되어 온 차이코프스키의 발레 〈백조의 호수〉를 먼저 떠올리는 사람이라면, 혹은 알거나 강박적으로 알려고 했던 사람들이라면, 꼭 한 번 여성들에게 보내는 근육의 헌사인 이 작품을 보아야 한다. 기존 영화의 중심 이야기와 캐릭터는 그대로 둔 채 감독, 주인공, 시대 등만 바꾸는 '리메이크'가 아니다. 그렇다고 영화의 콘셉트와 배우만 다시 가져오고 사건과 캐릭터를 완전히 바꾸는 '리부트'도 아니다.

살인적인 폭염도 피할 겸 나는 3D 안경을 끼고 영화관으로 숨어들었다. 고대하고 고대하던 영화 속으로 들어가 남성 백조를 만난다. 우람하고 섹시한 근육질 백조들의 크나큰 몸짓에 넋을 놓고 침을 흘린다. 딴말이 필요없다.

마법에 걸린 백조가 밤이면 다시 아름다운 소녀로 돌아오는 오데트와 지그프리트 왕자의 비극적인 사랑 이야기. 그러나 영국의 유명 안무가 매튜 본이 차이코프스키의 원작을 현대적으로 재구성한 백조는 우아한 여성 백조가 아니라 힘차고 건장한 '남자 백조'다. 이 파격으로 무용계에 큰 신드롬을 일으키고 폭발적인 반향을 일으킨 작품을 나는 절대 체험 중이다.

Swan Lake

왕관의 무게에 눌려 소홀해진 어머니 역할에 왕자는 늘 외롭다. 사랑하는 여인을 데려와도 홀대는 일상이다. 맘대로 되는 게 하나도 없다. 괴롭기만한 왕자는 어느 날 밤거리를 헤매다 목숨을 버리려는 찰나에 낯선 백조 떼를 만난다.

　"행복의 상징이라고 믿었던 왕자가 죽으려 한다고 어디서 그런 어리광을, 세상을 너무 호락호락하게 생각하는군!"

　호령하며 왕자를 몰아붙이는 백조. 이런 백조들의 희망에 찬 날갯짓에서 다시 한 번 살아가야 할 힘을 얻은 왕자는 궁으로 돌아온다. 축하의 무도회장을 어디선가 나타난 매혹적인 흑조가 완전 접수한다. 강렬한 카리스마에 좌중은 혼을 빼앗긴다. 왕자에게 흑조는 동경하면서도 두려운, 가지고 싶으나 가질 수 없는 존재, 즉 왕자의 또 다른 자아로서 동성애적 코드와 무의식 저 깊은 곳에서 깨어난 오이디푸스적인 심리로서 성적 욕망이었다.

남자 백조의 파격적인 의상뿐만 아니라 익살스러운 유머와 위트로 웃음을 유발한 거리의 바와 왕실, 무도회, 호숫가 장면 등은 고정된 발레의 틀을 깨고 새로 입힌 현대판 옷이다. 연필로 그림을 그린 듯 우아한 곡선의 헌사 속에는 그러나 조금은 우람하고 조금은 뻣뻣한 그림자가 늘 존재한다. 남자 백조의 근육이 춤을 추는 동안 역동적인 그 몸짓에서 객석으로 튕겨져 나오는 방울방울의 관능미는 어디서도 본 적이 없는 압권의 본체였다.

자신들을 사랑의 제물로 바치는 순교적 결말은 오리지널 발레보다 더 강렬한 호소력으로 콘트라스트가 강하다. 태생적 불완전한 존재로서 삶의 비상을 꿈꾸는 이 작품처럼 인류 공통의 비극을 잘 표상한 작품 또한 드물기 때문이다. 옆에 있는 연인에게조차 차마 말하기 꺼려지는 금단의 이야기는 이 작품을 논 피니토(non finito) 기법으로 해석 가능하게 하고 만다. 미완의 상태 그 자체를 또 다른 하나의 완성으로 매듭짓는 아름다운 사랑이라고, 우리들도 이루어질 수 없는 사랑을 가리켜 가장 아름다운 비극이라 일컫는 것처럼.

사랑의 국경, 동성, 이성의 구별이 무의미한 시대가 되었다. 동성애의 역사는 고대 그리스 시대부터이다. 하지만 정신병의 일종으로 간주하던 미국정신의학협회(APA)에서 질병의 목록에서 삭제한 1973년부터 동성애는 제3의 성으로 등극한다. 그 여파로 당당하게 2000년 이후 홍석천, 하리수 같은 연예인들은 스스로 동성애자, 트랜스젠더임을 선언하고 제3의 성으로 활발한 활동을 하고 있다. 뿐만 아니라 이제 세상은 바뀌어, 영화

〈왕의 남자〉로 스타가 된 이준기 같은 중성스런 꽃미남들이 현대의 표준처럼 받아들여지고 있다. 동성애 코드는 이제 국내에서도 영화와 음악, 미술, 패션, 만화, ky cf 광고, sk 텔레콤 동성커플 요금제 광고와 돌체앤가바나 광고 등 모든 장르의 현대 예술을 이해하는 핵심적인 키워드로 떠올랐다.

피터 파울 루벤스 〈레다와 백조〉1598, 빈 미술사 박물관

느닷없는 급습, 커다란 날개는
비틀거리는 처녀 위에서 조용히 퍼덕이고,
그녀 허벅다리는 검은 물갈퀴로 애무하며,
목덜미는 부리로 집어,
백조는 그녀의 지친 가슴을 그의 가슴에 껴안고 있다

어떻게 그 질려 맥 빠진 손가락이
맥 풀리는 허벅지로부터 그 깃털로 덮인
영광을 밀어낼 수 있으랴
몸은 또 어찌 그 백색 습격 속에 누운 채
이상한 심장의 두근거림을 느끼지 않을 수 있으랴

전율하는 허리는 거기
무너진 성벽과 불타는 지붕과 망루
죽은 아가멤논을 잉태한다
그렇게 꽉 붙잡힌 채
그렇게 짐승 같은 하늘의 피에 정복당한 소녀는
무심한 부리가 그녀를 떨구기 전에
그의 권능과 예지를 고스란히 전해 받게 되었을까

_월리암 버틀러 예이츠 「레다와 백조」

백조의 호수 2인무를 여성과 남성이 아닌 두 명의 남성이 게이 냄새를 스멀스멀 풍기며 추리라고 차이코프스키가 상상인들 했을까? 하긴 차이코프스키 역시 동성애자로 밝혀진 인물인 것을 감안한다면 내심 반가워 했을까? 섹시함을 부풀려 관객을 유혹한 광고 문구와는 다르게 인류의 창백한 금기인 동성애의 날카로운 경계 위에서 춤사위는 시종일관 두렵 지만 달콤하게 혼을 빼앗는다. 발소리, 숨소리, 날갯짓하는 소리, 힘찬 근 육의 도약 하나하나까지 숨이 멎을 듯하다.

스티븐 달드리 감독의 영화 〈빌리 엘리어트〉 속 남자주인공 빌리가 고 진감래 끝에 발레리나로 성장하여 마지막 무대에서 허공을 향해 한껏 뛰 어오르던 신(Scene)과 겹쳐진다.

이처럼 최고의 영화는 사람에 집중하는 것이 특징이다. 시공간을 초월 한 남자 백조와 왕자의 동성애라는 파격적인 콘텐츠는 나를 잠들지 못 하게 하기에 충분하다. 그래서 긴긴 오늘 밤에는 스페인산 달달한 와인 '마스 데 레다' 나 한잔 쭈욱~ 들이키고 제우스나 흠뻑 취해 볼거나…….

개봉 : 영국, 2012
원제 : Les Miserables
장르 : 드라마, 뮤지컬
감독 : 톰 후퍼
출연 : 휴 잭맨(장 발장 역), 러셀 크로우(자베르 역)

죽지 않을 것이면 살지도 않았다
<레 미제라블>

: Les Miserables

누벨바그를 이끌었던 현대 영화의 아버지인 롤랑 트뤼포(1932~1984)는 영화를 사랑하는 방법에 대해 이렇게 말한다. "첫 번째 방법은 같은 영화를 두 번 보는 것이며, 두 번째 방법은 영화평을 쓰는 것, 마지막 세 번째 방법은 영화를 만드는 것이다." 그렇다면 첫 번째와 두 번째를 실행하고 있는 나는 영화광은 아니래도 영화 탐색자쯤 될까?

이 영화의 오프닝 테마곡 〈Look down〉 "고개 숙여~ 하늘에는 신이 없고, 땅에는 자비가 없고, 나는 죄가 없네~ 주님은 관심도 없어. 고개 숙여 ~ 모두~ 다 널 잊었어. 넌 영원한 노예일 뿐~(…)"이 장중하게 울려 퍼진다. 오래된 원작임에도 관람자들은 자신이 살고 있는 이 시대와 대입시켜 울고 웃는다. 그렇다면 이런 힘이란 어디로부터 오는 것일까?

프랑스의 비평가 G. 랑송이 "온갖 탈선과 삽화와 명상 등으로 가득 차 있는, 가장 위대한 아름다움이 가장 멋쩍은 수다 옆에 자리를 같이하고 있는 이 소설은 하나의 세계요, 하나의 혼돈이다."라고 말한 이 책에는 결박되지 않은 형식과 사상이 있다. 당시 상원의원이었던 위고는 1851년 나폴레옹 3세의 쿠데타를 반대한 이유로 영국 해협에 있는 저지 섬으로 추방됐다가 건지 섬으로 옮겨 자신의 저택인 오트빌 하우스에서 나이 60세에 쓴 『비참한 사람들』이라는 뜻의 소설이 바로 『레 미제라블』[1862]이다. 인간이 인간에 대해 저지를 수 있는 최악을 고발하고자 장 발장이라는 인간을 통해 악에 대항하는 양심의 각성과 성숙을 그렸다. 이 원작이 처음 뮤지컬로 등극한 것은 1980년 10월 파리에서였다.

세계 4대 뮤지컬 〈레 미제라블〉, 〈오페라의 유령〉, 〈캣츠〉, 그리고 〈미스 사이공〉은 모두 프로듀서 카메론 매킨토시의 작품이다. 초연 이래 32년 만에 아카데미 4관왕에 빛나는 영화 〈킹스 스피치〉의 톰 후퍼 감독이 나타났다. 뮤지컬은 영화가 되기 위해 처음부터 음악과 스토리가 완전히 해체되고 하나씩 새로 조립되었다.

　　죄인이라고 부르지 말라
　　한때는 이것도 삶이었으니
　　비록 빨리 피었다 졌을지라도

　　상처라고 부르지 말라
　　한때는 눈부시게 꽃물을 밀어 올렸으니
　　비록 눈물로 졌을지라도

　　죽지 않을 것이면 살지도 않았다
　　떠나지 않을 것이면 붙잡지도 않았다

　　침묵할 것이 아니면 말하지도 않았다
　　부서지지 않을 것이면, 미워하지도 않을 것이면
　　사랑하지도 않았다
　　(……)

　　_류시화 「옹이」 부분 패러디

시대 배경은 1789년 프랑스. 극심한 굶주림과 신분제에 대한 불만으로 '프랑스 대혁명'이 일어난다. 민중들은 국왕 루이 16세를 처형하고 왕 없는 공화국을 선포한다. 하지만 혁명 이후 굶주림 문제를 해결하기는커녕 경제는 더 엉망이 된다. 큰 소용돌이에 빠진 혁명 지도부는 정권을 장악해 '최고 가격제'를 실시해 일시적으로 물가안정을 이뤘으나, 1년 동안 1만 명 이상을 처형하는 등 지나친 공포 분위기 조성으로 2년 만에 실각, 다시 물가는 미친 듯이 뛰어오른다. 바로 그 이듬해인 1796년 장 발장은 조카를 위해 빵을 훔치다 체포된다. 당시 프랑스 사회는 대혁명으로 왕을 단두대로 보냈지만 바뀐 것 없이 다시 왕정은 복고되고 민중들은 굶주림과 절망에 허덕이던 때이다. 빵 한 조각 훔친 죄로 19년이나 감옥살이를 하는, 정의가 사라진 사회이니 얼마나 새로운 시대에 대한 갈망이

강렬했을 것인가.

　이 세상엔 태어날 때부터 쌍둥이로 태어나는 것이 있다. 낮과 밤, 행과 불행, 삶과 죽음, 죄와 벌 등등이다. 길 위에서 평생을 도망으로 일관해 온 장에겐 세상의 벼랑 중에 마음의 벼랑이 가장 아득하다고 말하고 싶었을 것이다. 삶이란 역광으로 비추는 빛인지도 모른다. 그 사람이 잘 가도록 뒤에서 비춰 주는 따스한 사랑. 이번 영화에는 상처와 허무를 넘어 인간 실존의 경이로움과 타인에 대한 연민과 이타행이라는 투명한 관조가 담겨 있다. 이 영화가 긴 시간의 노정에도 결코 지루하지 않았던 이유는 상식적이지 않은 죄와 벌이라는 쌍둥이 덕이었다. 158분 동안을 쌍둥이 덕분에 용서와 사랑, 구원이라는 헬멧을 쓰고 죄와 벌의 격전장을 누빈 것이다.

　장이 19년 감옥살이를 마치고 출옥하던 날 밤 그에게 하룻밤 숙식을 제공해 준 성당에서 은촛대를 훔쳤다가 다시 체포되어 끌려간다. 그때 밀리에르 신부는 그 은촛대는 자기가 장에게 준 것이라고 증언하여 그를 구해 준다. 모두가 외면한 장에게 자비를 베푼 주교. 여기서 장은 비로소 참된 사랑에 눈을 뜬다. 그 후 마음을 바꿔 마들렌이라는 새 이름으로 사업을 시작하여 재산을 모으고 시장으로까지 출세한다. 정체를 숨긴 그는 새 이름으로 가난한 이들을 도와주다 운명의 여인 판틴과 마주치고, 죽음을 눈앞에 둔 판틴은 자신의 유일한 희망인 딸 코제트를 장에게 부탁한다.

예전에 난 꿈을 꾸었었지
그땐 희망에 찼고 인생은 살아 볼 만했지
사랑은 영원하리라 믿었고
신은 자비로울 거라 여겼네
하지만 잔혹한 현실은 한밤중에
천둥소리를 내며 들이닥쳤네

_판틴 「I Dreamed A Dream」 중에서

이 노래는 판틴이 공장에서 해고된 직후에 부르는 노래다. 몸까지 파는 그녀의 슬픔이 그대로 전해져 오는 사이 길로 쉬지 않고 장을 끈질기게 쫓아다니는 자베르. 때마침 어떤 사나이가 장으로 오인되어 체포되고 벌을 받게 되자, 마들렌 시장은 자발적으로 나서서 그를 구해 주고 감옥에 들어간다. 그러나 곧 탈옥하여 예전에 자기가 도와주었던 여공의 딸 코제트가 불행한 생활에 빠져 있는 것을 구출하고 경감의 눈을 피해서 수도원에 숨겨 준다. 죄가 벌레처럼 따라붙는 장의 운명은 고통이 존재하는 육체 속에서만 지어진 게 아니다. 영혼이 홀로 설 수 있는 육체를 욕망한 죄는 벌에 의해 모욕당한다. 죄가 타인의 영혼을 그리워한 것이라면 벌은 자신의 살이 고통을 당하는 것이다. 죄가 자신의 피를 말리는 것이라면 벌은 자신의 살을 태우는 것이다.

성숙한 코제트는 공화주의자인 마리우스와 사랑한다. 사랑과 우정에 온몸을 바치는 열정적인 청년 마리우스, 그의 활약이 두드러지는 것은 친구들과 혁명을 하기 위해 바리케이드를 단 10분 동안 직접 노래 부르며 쌓는 장면이다. 그러나 무엇보다 가장 신경 쓴 것은 라마르크 장군의 장례식과 엔딩 장면에 등장하는 뮤지컬 영화에서는 좀처럼 볼 수 없었던 거대한 군중 바리케이드다. 더 나은 세상을 만들기 위해 시위에 나서는 프랑스 시민들과 그를 저지하기 위한 군대의 대접전을 실감나게 그려 낸다. 군대에 맞서 싸우다 총에 맞아 죽은 어린이에게 자베르가 자신의 제복에 달았던 훈장을 달아 주는 모습은 뮤지컬에 없던 장면이다.

장은 공화주의자들의 폭동으로 부상을 당한 마리우스를 구출하여 코제트와 결혼시킨다. 장 발장의 신분을 알게 된 마리우스는 일시 그를 멀리하지만 자신의 잘못을 깨닫고 다시 그에게로 돌아온다. 장은 코제트 부부가 임종을 지켜보는 가운데 "사람은 변할 수 있다. 미래를 창조하기에 꿈만큼 좋은 것은 없다. 오늘의 유토피아가 내일의 현실이 될 수 있다. 이제 행복하게 죽을 수 있어. 아마도 그동안 계속, 너희들이 와 주길 기다렸나 보구나. 두 사람은 언제나 변함없이 사랑해야 한다. 이 세상에 서로 사랑하는 것보다 귀한 건 없으니까." 조용히 숨을 거둔다. 세 번이나 타인을 위해 자신을 내던진 장의 선의에 무릎 꿇은 자베르. 장은 가

습 없는 법전의 대명사인 자베르를 인간세계를 넘어 더 큰 세계로 이끌어
준 진정한 대종사(大宗師)였다.

  괴테의 소설 『젊은 베르테르의 슬픔』(1774)은 '베르테르 효과'라는 새로
운 현상을 만들어 냈다. 이 작품을 읽고 젊은이들의 권총 자살뿐 아니라
베르테르가 즐겨 입던 노란색 조끼를 유행시킨 것처럼 이 영화를 본 사람
들은 '장 발장 효과'로 인하여 진정 자기를 나누는 아름다운 삶이 유행
처럼 번졌으면 좋겠다. 죽은 장이 천상의 구름 위에 앉아 지상을 내려다
보며 말한다.

    너희들의 도둑질을 계속 참는다면
    우리는 언제까지고 배가 고플 것이다
    손에 넣을 수 없는 새하얀 빵도 유리창을 부수면
    손에 넣을 수 있을지 어떨지 확인해 보고 싶어졌다

    _베르톨트 브레히트

개봉 : 프랑스, 오스트리아, 독일, 2012
장르 : 드라마/멜로, 로맨스
원제 : Amour!
감독 : 미카엘 하네케
출연 : 장 루이 트렝티냥(조르주 역), 엠마누엘 리바(안느 역)

삶의 마지막 순간에 오는 것들
<아무르>

: Amour

내려갈 때

보았네

올라갈 때

보지 못한

그 꽃

_고은 「그 꽃」

〈아무르〉를 보고 나오며 고은의 「그 꽃」을 낭송하고 있는 나를 본다. 그 꽃 사이로 행복전도사 최윤희 부부가 떠올랐다. 지병의 고통을 감당하지 못해 함께 모텔에서 자살한 사건이 이 영화와 너무나 닮아 소름이 끼쳤다. 생 · 로 · 병에서 사로 가는 길은 왜이리 길고 참혹하기만 할까?

2012년 칸 국제영화제에서 그랑프리를 수상한 하네케 감독은 이 작품에서 누구나 직면하게 되는 '늙음'과 '죽음'이라는 보편적 주제에 사랑을 입혀 이야기한다. 평생을 해로한 음악가답게 노부부는 주말 저녁 제자의 연주회에 갔다가 감상의 후기를 나누며 집으로 돌아온다. 어느 날 아내 안느가 갑자기 마비 증세를 일으키면서 그들의 삶은 하루아침에 곤두박질친다. 아내는 뇌졸중으로 오른쪽 반신 마비가 일어나고, 남편

은 지극한 애정으로 간호하지만, 피해 갈 수 없는 병세는 날이 갈수록 점점 심해져 간다. 그런 조르주와 안느를 이어 주는 가장 큰 관심의 동력은 도타운 사랑이다. 남편은 뭔가 갑자기 생각났다는 듯 큰소리로 화장실에 들어가는 아내에게 말한다.

"여보, 내가 말했던가. 당신 오늘 유난히 더 아름답다고."

행복한 공간이었던 아파트에 병마가 드리우면서 폐쇄된 감옥으로 변한다. 부엌과 거실, 침실은 두 사람의 삶과 추억을 공유하던 공간에서 서로가 공유할 수 없는 독립된 공간으로 변모한다. 이렇게 카메라는 아파트라는 한정된 공간에서 오직 조르주와 안느에게만 집중한다. 무릎을 칠만큼 안타깝다거나 어깨를 들썩일 만큼 눈물이 쏟아지지 않는다. 그러나 시종일관 무덤덤하게 그러나 진지하게 관객의 가슴을 파고드는 건 사랑에 대해 묻는 질문 때문이다.

"당신의 사랑은 어떤 모습입니까?"

생로병사에도 얼굴이 있다. 사랑에도 얼굴은 있다. 어떤 사랑은 눈이 호수 같고, 어떤 사랑은 코가 히말라야 같고, 어떤 사랑은 뒤틀어져 비대칭으로 보이기도 한다. 시각에 따라 아름답기도, 추하기도 하다. 하지만 그 모양이 나의 사랑과 다르다고 해서 숭고한 사랑의 진정성을 가치절하할 순 없는 것이다. 모든 이의 얼굴이 다르듯 모든 사랑의 생김새는 다

다르기 때문이다.

　갑작스러운 병마로 반신불수가 된 아내는 심신이 쇠락해 가는 와중에도 자존감과 품위를 유지하며 남편의 짐을 덜어 주고자 애쓴다. 하지만, 육체가 정신을 지탱하지 못하는 상황에 이르자 자신의 능력으로 일상을 통제할 수 있으리라던 통제적 착각마저 위태롭게 흔들린다. 언젠가 이러한 순간이 올 거라고 예상했지만, 60여 년을 동고동락해 온 아내의 자존감이 상실감과 고독에 휩싸이지 않도록 조용히 그리고 침착하게 마지막을 준비한다. 드디어 의식만 남아 고통을 힘겹게 견디는 아내를 위해, 남편은 베개로 그녀의 얼굴을 눌러 질식사시킨다. 그러고는 곧바로 자신의 방을 테이프로 밀봉하여 가스 자살을 성사시킨다. 마음의 고통을 대피시키기 위하여 자신의 주체성을 파괴해 버린 것이다.

첫 몇 컷을 제외하고는 가끔 식료품을 사다 주는 이웃 부부와 별 도움이 되지 않는 딸 내외 이외에는 이미 모든 교류가 끊겼다. 이러한 설정은 자폐적인 노년의 세계를 상징한 요약이다.

9월 21일은 '세계 치매의 날'이다. 첫사랑은 이루어지지 않는다는 루머를 깬 닉 카사베츠 감독의 실화 영화 〈노트북〉은 치매로 기억을 잃어가는 아내를 요양소에서 간병하다 한 침대에서 같이 눈을 감는 아름다운 이야기다. 〈아무르〉도 요양소를 설정에 넣었다면 좀 더 아름다운 결말을 장식하지 않았을까, 어쩌면 이토록 인생이 아무것도 아닌가 싶어 못내 씁쓸하다.

그렇다면 죽음이란 여행, 과연 어떻게 준비해야 할까? 보람찬 나날을 사는 것, 후회 없는 일상을 살아 내는 것보다 멋진 준비는 없겠다. 일상이 여행이라는 것 당신도 알고 나도 안다.

영국 인류학자 데스몬드 모리스는 "인생이란 출생과 죽음 사이에 잠깐 장난감 가게에 들렀다 가는 것", 로마 시인 호라티우스는 "세상이 몰라 주는 죽음이라고 그 삶이 잘못 산 것은 아니다."라고 위로를 한다. 그렇다. 당신의 마지막 순간은 당신의 첫 순간만큼 소중해야 한다. 눈물을 머금은 마지막 키스에서 머뭇머뭇 대던 첫 키스가 보이고, 남편 손을 힘없이 어루만지는 아내의 마지막 손길에서 엄마의 손가락을 움켜쥐던

고사리 같은 아기의 손이 오버랩된다.

　마땅한 대책도 제시하지 못하면서, 직접 간병해 주지도 못하면서, 어머니의 고통을 해결해 주지 못한다고 아버지를 타박하는 딸 에바. 나의 또 다른 나인 그녀도 도시화되며 급격히 가족이란 연대가 사라져 버린 현대사회의 부속물에 다름 아니다. 현대 의학으로도 어쩔 수 없는 병세 앞에서 차라리 죽음을 선택하고 마는 이 영화야말로 인간의 존엄을 잃지 않는 유일한 방법이라는 것을 알려 준다. 불편한 진실인 한계와 끝을 직시하는 이 영화는 마주하고 싶지 않은 현실, 인정하고 싶지 않은 우리들의 이야기다. 이것이 과연 '사랑'일까? 하지만 사랑하니까 보내 줄 수 있지 않았을까? '죽을 권리'란 무엇일까? 생각하는데 슈베르트의 Impromptus Op. 90 n.1& n.3가 가슴을 치며 멀어져 간다. "또 하루 멀어져 간다~, 매일 이별하며 살고 있구나~" "여기 날 홀로 두고~ 여보 왜 한마디 말이 없소~, 여보 안녕히 잘 가시게~" 당신과 나는 이렇게 저마다의 김광석을 부르며 하루를 흘려보낸다.

카렌 와이어트의 책 『일주일이 남았다면』에는 〈아무르〉와 비슷한 이야기가 나온다. 남편 버논은 항암치료 과정에서 심장마저 손상되어 죽음을 기다리는 노인이다. 그의 상태가 심각해져 호스피스 병동으로 옮겨 오던 날, 리디아는 한참을 울었다. 남편이 다시는 집으로 돌아올 수 없으리란 예감 때문이었다. 펜을 쥐기도 어려울 만큼 상태가 나빠졌지만, 컨디션이 좋은 날은 간신히 알아볼 수 있는 그림 글자를 그린다. 간병에 지쳐 가던 아내는 하룻밤만이라도 집에서 자기로 했다. 병실을 떠나기 전 아내는 남편 곁에 있던 공책을 펼쳐 '사랑해요, 당신의 리디아.'라고 적어 그 페이지를 펼쳐 남편의 가슴 위에 가만히 얹어 두었다. 볼펜은 공책에 끼워진 채 다음 날 새벽 간호사에게 전화를 받은 리디아는 급히 병원으로 달려갔다. 밤새 남편이 사망한 것이다. 그의 담요를 정리하고, 양팔을 꼭 잡은 후 그에게 입을 맞췄다. 간호사들이 시신을 옮긴 후 병실을 둘러보던 리디아는 공책을 발견하고 깜짝 놀랐다. 어젯밤 자신이 쓴 글 아래에 남편의 글씨가 쓰여 있었다. 남편이 마지막 혼신의 힘을 다해 쓴 'I love you' 여덟 글자였다.

아무르(Amour)란 단어가 단순히 'Love' 만을 의미하지는 않는 것 같다. 〈아무르〉에서 말하고자 하는 아무르란 그 가치의 절대치가 자기 환시를 자각적 환각증과 접근시킴으로서 개인 무의식을 집단 무의식으로 무단 방류한 전형이다. 이 자기환시라는 집단 무의식의 환영이란 다시 말해 한 여자에 대한 남자의 자기암시라는 사랑의 정신성을 강조한 것이다. 요즘은 100세까지 사는 것이 보통인 세상이 되어 가지만, 오래 산다는 것이 과연 축복일까? 재앙은 아닐까? 평생 사랑하고 의지했던 사람이 갑자기 중풍과 치매환자가 되었다면, 오~ 당신은 어떻게 할 것인가?

치매와 중풍으로 아파서 누워 계신 어머니. 도돌이표처럼 틀에 박힌 듯 이 같은 말을 반복하신다. 식물인간이 되어 움직이지도 못하고 누군가 도와줘야 먹고, 싸고, 입는 어머니를 보면서 차라리 이런 모습의 삶이라면 죽음으로서 평안을 얻는 것이 더 행복하지 않을까 하는 생각을 한 적이 있다.

어쩜 감독은 이 영화를 통해 생노병사 중 앞서간 이들이 남은 사람들에게 간절히 알려 주고 싶은 노병사에 대한 선물을 한 것이다. 영원이라는 오솔길은 굽어져 있으니 천천히 아주 천천히 걸어가라고. 먼 그리움이 한 송이 그리움에게 유치환의 「그리움」을 선물한다.

오늘은 바람이 불고
나의 마음은 울고 있다

일찍이 너와 거닐고 바라보던
그 하늘 아래 거리언마는

아무리 찾으려도 없는 얼굴이여
바람 센 오늘은 더욱더 그리워

진종일 헛되이 나의 마음은
공중의 깃발처럼 울고만 있나니
오오, 너는 어디메 꽃같이 숨었느뇨

개봉 : 한국, 2012
장르 : 코미디
감독 : 이석훈
출연 : 황정민, 엄정화

지난겨울의 선택
<댄싱 퀸>

: Dancing Queen

춤지만, 우리
이제
절망을 희망으로 색칠하기
한참을 돌아오는 길에는
채소 파는 아줌마에게
이렇게 물어보기
희망 한 단에 얼마예요?

_김강태 「돌아오는 길」

2005년쯤이던가, 장사익 공연을 갔다. 처음 듣는 창법이었다. 마법의 목소리랄까. 장사익 목소리에 얹힌 시!

"희망 한 단으로 절망을 희망으로 바꿔 보세요. 집에 가실 때 희망 한 단씩 들고 가시구유."라고 투박한 사투리로 신명나는 가락으로 말한다. '희망 한 단에 얼마예요?'

아~ 희망!

희망을 잡기 위해 사람들은 선택을 한다. 순간순간 선택의 기로에서 흔들리지 않는 사람은 없다. 좀 더 나은 선택과 얼떨결에 택한 선택 사이에는 '꿈'과 '권태'라는 자동차가 기다린다. 이석훈 감독의 〈댄싱 퀸〉은 꿈을 향해 시동을 걸어 놓은 자동차다. 부릉~부릉~ 연기 피어오르는 자동차는 그러나 발랄 코믹이다.

처음 12분 동안은 초등학교 때 부산에서 서울로 전학 온 촌놈 황정민과 깍쟁이 엄정화의 첫 만남, 달리는 시내버스에서 가해자와 피해자로 두 번째 다시 만나는 대학생. 그 후 꿈이 가수였던 신촌 마돈나 엄정화와 법학도를 꿈꾸던 법대생 황정민은 데이트를 하다가 데모 무리에 섞여 갑자기 민주 열사가 된다. 결혼해서 아이 낳고, 사법고시 합격하는 장면까지 정말 재미있고 빠르게 전개된다. 여기까지는 평이한 데 춤꾼에 대한 꿈을 접지 않은 아내가 얘기를 뒤집히게 만든다.

『당신의 낙하산은 무슨 색인가?』의 저자 리처드 N. 볼즈의 "현실적으로 생각해야지. 이 말은 세상에서 가장 슬픈 말이다. 현재 우리가 누리고 있는 최고의 것들은 결코 현실적인 사람에 의해 만들어지지 않았다. 자

신의 꿈을 믿고 그 꿈에 날개를 달아 비상한, 용기 있는 사람들에 의해서
만들어진 것이다." 라고 한다. 그렇다. 꿈은 누구나 꾸지만 그 꿈을 실현
시키는 사람들은 정말 현실에 안주하지 않은 존재들이다.

　그러나 여자들은 대부분 결혼하고 아이를 낳으면서 어릴 때 봉긋
이 솟아올랐던 꿈들을 잃는다. 엄정화 역시 매번 사법고시에 떨어지
는 꾀죄죄한 고시생 뒷바라지를 하면서 스포츠센터의 에어로빅 강사
로 근근이 딸을 키운다. 35세에 사법고시 합격 후 시원찮은 변호사 노

릇을 하던 남편은 친구에게 보증을 잘못 서서 아직도 전세방이다.

세상의 모든 딸들은 자신의 엄마를 보며 소리 지른다. "난, 엄마처럼은 안 살 거야." 그러던 어느 날 초등학생인 딸이 학교에서 장래희망을 써 오라는 숙제를 한다면서 말한다. "난, 절대 엄마처럼은 안 살 거야." 남편의 무능력으로 꿈을 저버린 그녀에게 그 말은 청천벽력이었다. 이 모든 원인은 자신의 선택에서 비롯되었다는 자괴감으로 괴로워한다. 그 충격은 슈퍼스타K에 나가서 자신의 꿈을 펼칠 각오를 다지는 계기로 작동된다.

오디션 지원서에 자신의 신체 사이즈를 168cm에 46kg이라고 속여 작성한 것을 어쩌다가 보게 된 황정민이 "제일 치사한 게 고기 근수 속이는 것이여." 한다. 그래서 그날 그녀한테 엄청 맞았다.

그렇게 속이며 도전한 슈퍼스타K에서 패배의 쓴잔을 마신다. 그 후 우연히 마돈나 시절의 기획사 사장을 다시 만나 남편 몰래 4인조 댄스그룹에 입단한다. 일은 걷잡을 수 없게 꼬이면서 아슬아슬한 이중생활이 시작된 것이다. 자신의 꿈을 향해 도전할 때 결코 나이가 장애가 될 수 없다는 것을 보여 준다.

'황정민'의 캐릭터는 데이트하다가 얼떨결에 민주 열사가 되고, 다시 얼떨결에 선로에 떨어진 사람을 구해서 여론의 중심에 섰다가, 그것이 계기가 되어 꽤 잘나가는 변호사로 발돋움하다가 국회의원인 친구의 권유로 서울시장 후보 경선에까지 출마하게 된다. 누가 뭐래도 이 역시 그의 선택이다. 주변의 약자를 돕는 인권 변호사 이미지가 그를 서울시장 후보에 참여할 수 있게 한 키워드였다. 안 풀리는 변호사라 강북에서 전세로 살며 자동차 굴릴 돈이 없어 자전거로 출퇴근하며 처가의 온갖 구박에 시달린다. 그럼에도 불구하고 그토록 열광적으로 그에게 빠지는 이유는 무엇일까? 감동을 주는 이 캐릭터가 사실은 이 시대에 우리가 원하는 현실의 인물상이기 때문이다.

처음엔 페이스 메이커로 서울시장 후보에 나서지만, 진정성을 가지고 시민들과 함께하자 지지율이 점점 높아지면서, 더 이상 페이스 메이커가 아닌 진짜 후보가 된다. 하지만 예기치 못한 상황이 그의 발목을 붙잡는다.

위기감을 느낀 다른 후보자들에 의해 엄정화의 이중생활이 탄로난다. 아내가 댄스가수라는 상대 후보의 맹비난 속에서 계란 투척까지 받고 후보 사퇴를 결심한다. 그 순간 남편을 찾아 달려온 그녀가 "꿈은 이루라고 있는 거야. 포기하지 마." 목청 높여 지지해 준다. 서로를 인정해 준 이 장면이 〈댄싱 퀸〉의 클라이맥스다. 열심히 하면 된다는 자신감을 듬뿍

Dancing Queen

심어 줬던 영화, 꿈의 존재를 믿는 디바! 댄싱 퀸!

80~90년대의 기억 어딘가에 숨어 있던 그리운 추억들을 끄집어내게 만드는 '시장 후보 사모님과 댄싱 퀸의 이중생활'은 몸이 백 개라도 모자랄 것 같다. 인순이의 노래 '난 꿈이 있어요'가 연상되는 〈댄싱 퀸〉은 서울시장 후보의 아내가 댄스 가수에 도전하면서 벌어지는 완판 소동. 그녀는 남편이라는 보호막에 안주하는 피터 팬 같은 아내가 아니다. 꿈 많은 아내를 자처하면서 황당무계한 모험에 나선 핫한 여자다. 그러나 현실을 무시하고 이상만 좇던 돈키호테의 실패로 마무리되는 삶과는 달리 그녀는 현실과 무관한 텍스트 속의 인물처럼 행동하지 않는다.

'자기 실현'이라는 개념은 인간이 이루는 최고의 목표다. 첫 번째가 자신의 가면 즉 정체성을 이해하는 페르조나 인식이고 그다음이 자신이 보려하지 않았던 그림자의 인식이다. 두 사람 모두 자신의 페르조나를 인식해 나가며 자신의 그림자와의 화해를 통해 합일을 이루며 자기를 실현해 나간다. 잘못되었으면 당혹스럽고 신경증적이 되어 버릴 수도 있었지만 로맨틱 코미디로 풀어내는 힘은 길고 통쾌하다.

오늘날, 현실에서 그녀를 닮은 아내들은 생각보다 많다. 그래서 가정과 일을 딱 부러지게 소화해 내는 그녀를 허구의 인물이라며 웃어넘길 수 없는 이유다.

네가 무슨 〈슈퍼스타K〉냐고 구박을 하던 남편조차 좋아하는 걸 하면서 행복해지고 싶다는 아내의 간곡한 말에 아내의 꿈을 인정한다. 함께 한곳을 바라보고 걸어가는 부부의 이 진정성이 시민들을 감동시킨다. 영화가 특별해지는 지점이 바로 이 부분이다. 그녀가 이루고자 하는 꿈이 그 흔한 공부 더 하고 싶다가 아닌 댄스가수! 이건 정말 놀라운 중년의 꿈이 아닌가? 중년의 당신은 무엇에 도전장을 낼 것인가?

꿈을 접은 편안한 생활보다 고달파도 꿈을 향해 날개를 퍼덕이는 모습은 정말 아름답다. 그녀가 꼭 리처드 바크의 소설 『갈매기의 꿈』의 주인공인 '조나단 리빙스턴 시걸' 같다. "가장 높이 나는 갈매기가 가장 멀리 본다."는 명언을 남긴 갈매기 조나단은 단지 먹이를 찾아 하늘을 날지 않는다. 진정한 자유와 자아실현을 위해 고단한 비상을 꿈꾼다. 이런 행동은 공동체의 관습에 저항하는 것으로 여겨져 따돌림을 받다 결국에

Dancing Queen

97

는 추방당하고 피나는 고행을 통해 완전한 고공비행술을 터득한 조나 단은 자기만족에 그치지 않고 어린 갈매기들을 가르치기 시작한다.

> "사실 우리들 하나하나는 위대한 갈매기의 다른 모습이자 한없는 자유 의 표상이란다."
> "기억하고 있니 우리의 육체는 생각 그 자체이며 그 이외의 아무것도 아 니라고. 우리가 이야기했던 것을."
> "왜 그럴까 하고 조나단은 의아해했다. 한 마리의 새에게 그가 자유롭 고 조금만 시간을 들여 연습하면 그것을 혼자 자신의 힘으로 증명할 수 있다는 것을 납득시키는 일이 세상에서 가장 어려운 일이라니 이런 일이 왜 이다지도 어려운 것일까?"

진정한 갈매기 조나단이 당신과 나와 댄싱 퀸의 가슴에 부리를 대고 소곤소곤거린다.

어느새 두 시간의 러닝타임이 눈 깜짝할 사이에 지나갔다. 웃음과 눈물 사이를 매끄럽게 이동하는 매력. 눈물 뚝뚝! 콧물 찍~ 포복절도를 반복하며. 다소 지루한, 아니 정말 쇼 같은 정치 이야기도 국민들이 바라는 새로운 인물에 포커스를 맞추니, 솔직히 졸릴 사이가 없었던 것이다. 그렇지만 기본적인 줄거리는 전혀 새로울 것이 없다. 아내가 남편을 위해서 자신의 삶을 포기하느냐, 아내의 꿈을 위해서 자신이 양보를 해야 하느냐, 그것이 쟁점이었다. 〈댄싱 퀸〉은 여지없이 남성 본위의 가치를 세운 사회에 순응하는 갈등구조를 따라가다가 돌연, 발상의 전환으로 아내의 좌충우돌 성장을 보여 준다.

영화 시놉시스는 에피소드들의 연속으로 적재적소에 깊은 공감과 웃음을 유발하는 대사를 배치하고 안전주행을 한다. 이 작품이 기존 영화와 가장 차별화된 부분은 다름 아닌 주연인 황정민과 엄정화가 자신의 실명으로 등장한다는 점이다. 생활의 때가 전혀 묻지 않은 볼륨업 생생 S라인임에도 전업주부 역으로서 '엄정화'는 전혀 밉지 않다. 솔직 담백하게 끅끅거리며 울고 소녀처럼 웃어 대는 그 타고난 천연스러움이 코믹 포인트다. '황정민' 또한 우직한 능청스러움으로 '특별시' 발음이 안 되어서 '턱별시'라고 하는 경상도 사투리로 폭소를 자아내기에 충분했다. 그리고 후보자 연설에서 나오는 명대사 "가정은 다스리는 게 아니고, 시민도 다스리는 게 아니라 함께 손잡고 나아가는 겁니다."를 들으며 무엇보다 이 영화를 통해 여성의 자아실현, 페미니즘의 피그말리온 효과에 대해서도 깊이 생각해 보게 되었다.

그러나 강형철 감독의 영화 〈써니〉의 시위 장면을 재치 있게 패러디한

것도 귀엽게 눈감아 줄 만하였으며 전 세대가 함께 볼 수 있는 것이 가장 큰 강점이었다. 또한 쿵쿵 딱~ 쿵 딱 쿵 쿵! 신나는 리듬과 섹슈얼한 댄스로 관람객을 장악하는 무대는 뮤지컬이라 해도 손색이 없다. 하지만 이 영화에서 의문으로 남는 점은 아내가 그러고 돌아다니는 걸 남편이 그토록 모를 수 있을까 라는 근본적인 질문이다.

유쾌하고 감동적인 〈댄싱 퀸〉의 꿈은 야심찬 포부만큼이나 절망을 거듭하는 도약이다. 남편은 아내의 욕망을, 아내는 남편의 욕망을 살아 나간다. 서로는 서로에게 투사했던 서로의 아우라인 또 다른 자아였던 셈이다. 마음의 빨랫줄에 딱 한 문장이 펄럭~인다.
'꿈은 준비된 자에게 찾아오는 행운이다!'

그렇다. 기회의 여신은 발에 바퀴를 달고 쉼 없이 달려간다. 준비된 이는 자기 옆을 지나가는 그 순간 그녀의 앞머리를 채어 잡고, 깜박하고 몰라본 이들은 뒤늦게 깨닫고 그녀를 잡으려 돌아보지만 뒷머리가 없어 놓치고 만다.

사람들은 힘든 상황을 견뎌 내기 위해, 혹은 그 분위기에서 한 걸음 더 나아가기 위해 유머를 사용한다. 이는 마치 나와 당신이 자신도 모르는 사이에 자신들의 상황을 견뎌 내고 기분을 한 단계 업시켜 주려고 노력하는 고도의 방어기제 놀이처럼 말이다.

여름이다. 지금 집 밖에는 시동을 걸어 놓은 '꿈'과 '권태'라는 두 대의 자동차가 준비되어 있다. 당신은 어떤 차에 오르시겠습니까?

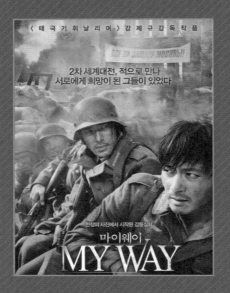

개봉 : 한국, 2011
장르 : 드라마
감독 : 강제규
출연 : 장동건(준식 역), 오다기리 조(다츠오 역), 판빙빙(쉬라이 역)

희망, 그 포기할 수 없는 가치
<마이 웨이>

: My Way

〈김준식 사진〉

이제 끝이 가까워졌네. 나는 인생의 종막을 향하고 있다네
벗이여, 나는 여기서 분명히 말하겠네
확신을 갖고 나의 경우를 얘기한다네
나는 충실한 인생을 살아왔네. 모든 하이웨이를 여행도 했고

아니, 그 이상으로 내 인생을 걸었다네
조금은 후회도 남아 있지만 그것은 대단한 일이 아니라네
나는 해야 할 일은 모두 해냈다네
달아나지 않고 해낸 거라네
적혀 있는 코스는 모두 시험했고,
옆길에도 주의 깊게 발을 들여놓았다네
아니, 그 이상으로 내 인생을 걸었다네
그렇지, 확실히 당신도 알고 있는 그런 때도 있었고
깨물어 먹을 수 없을 정도의 것에 달라붙은 적도 있었다네
모든 것에 정면으로 맞서고 몸을 피하지 않았다네
그것이 나의 인생이었다네
나는 사랑하고, 웃고, 울기도 했고, 충족한 기쁨도,
잃는 것의 억울함도 알고 왔다네
그리고 지금 눈물이 마름에 따라 모든 것이 즐겁게 여겨지네
그리고 나는 부끄러운 짓은 안 했다고 말하겠네
그런 것은 나는 할 수 없다네. 그것이 나의 인생이었네
인간은 무엇 때문에 있는 것인가
손에 넣은 것이 무슨 소용이 된다는 건가
자기의 분수를 아는 것이 중요하다네
그렇지 않으면 없는 거나 다름 없으니
세상에 나타난 말이 아니라
정말로 자기가 느끼는 것을 말하는 거라네
이런 이유로 제법 손해도 보았지만, 그것이 나의 인생이었네

_프랭크시나트라 〈마이 웨이〉 노래

앙리 루소 〈전쟁 혹은 불화의 기마여행〉 1894, 오르세 미술관

이 노래를 처음 들은 건 능인선원 법당에서였다. 강의가 끝난 후 지광 스님의 선물공세였다. 마지막 인생길을 돌아보는 남자가 가진 건 오직 자기 자신뿐이라는 확신에 차서 힘차게 부르는 멋진 곡이다. 아마 무의 미하게 살고 있던 30대 때 자신의 길을 찾고 싶어 했던 나의 보이지 않던 무의식이 꼭 필요로 했던 단어라서 그러지 아니했나 생각된다.

영화 〈은행나무 침대〉로 데뷔하여 〈쉬리〉, 〈태극기 휘날리며〉로 한국형 블 록버스터의 가능성을 보여 줬던 강제규 감독이 〈마이 웨이〉로 2011년을 완성했다.

실화를 토대로 한 영화는 많았다. 하지만 〈마이 웨이〉의 경우 다큐멘터 리가 먼저였다. 2005년 12월 18일 방송 SBS의 〈노르망디의 코리안〉 다큐 멘터리는 1930년대 후반, 한 조선인이 중국에서 소련으로 넘어갔다가 독

일로 향한 뒤, 노르망디 해변에서 주검으로 발견된 실화가 소재다. 조선 인으로 태어나 일본군, 소련군, 독일군이 되어야만 했던 기구한 운명의 남자 김준식!

인간은 길 위의 존재다. 매일 선택하는 존재다. 하지만 그는 한번도 자신의 생을 선택해 본 적이 없다. 1944년 연합군은 노르망디에서 독일군 포로 중 유일한 동양인을 발견하게 된다. 대화가 통하지 않자 그는 미국 정보부대로 넘겨졌으며 그곳에서 자신의 트라우마에 관한 이야기를 털어 놓는다.

1938년 경성. 〈마이 웨이〉는 한국 현대사에서 가장 암울했던 일제강점

기와 제2차 세계대전이 배경이다. 거대한 역사의 파고에 맡겨진 실사적인 담론을 강 감독은 김준식(장동건)과 타츠오(오다기리 조)라는 캐릭터를 통해 조선과 일제를 대표하는 서브 플롯을 엮어 낸다. 노르망디 전선의 코리안을 인력거를 끄는 마라토너와 결합시킬 수 있었던 것은 순전히 한 장의 사진 덕분이었다. 그리고 그 마라토너와 조선인에 대한 편견과 적대감에 사로잡힌 일본인 청년과의 동행을 선득 맡은 것이다.

나라를 잃은 힘없는 조선 아이와 지배자인 일본 아이가 주인공이다. 다츠오가 엘리트 교육과 정규 마라톤 레슨을 받는 동안 한 집안의 가장인 준식은 모래주머니를 차고 인력거를 끈다.

손기정 선수가 베를린올림픽 마라톤을 제패한 몇 년 후 두 주인공은 조선과 일본을 대표하는 마라톤 선수로서 대회에 참가한다. 제2의 손기정을 꿈꾸는 조선 청년 준식과 일본 최고의 마라톤 대표선수 다츠오. 준

My Way

식은 이 대회에서 우승하지만 일제는 조선인이라는 이유로 실격을 선언하고 다츠오에게 우승자 트로피를 안겨 준다. 종대를 비롯한 조선 청년들이 이에 격분하여 난동을 일으킨다. 그러던 어느 날, 준식을 비롯한 조선 청년들은 그 사건으로 인해 일본군에 강제 징집되어 만주국 관동군으로 끌려간다. 1년 후, 일본군 대위가 된 타츠오가 준식이 있는 부대의 장교로 부임하면서 운명적인 재회는 시작된다.

"배고팠지?"라고 한번도 위로받아 본 적 없이 배고픔과 폭력으로 피범벅이 되면서도 묵묵히 마라톤 연습에 매진하는 준식. 이러한 시대에 개인이란 과연 무엇인가? 아무것도 아닌 존재로 축소되고 자신의 취약성을 인정하도록 강요받으면서도 자신의 정체성에 대한 통제력을 상실하지 않는 준식. 그는 다츠오를 좋은 경쟁 대상자로 생각하는 것에 비해 다츠오는 준식을 오직 적으로만 대적하며 사사건건 준식이 불리하도록 고의적으로 일을 꾸민다.

시대의 아픈 사건을 수직관계의 고리로 잇는 어릴 적 경성에서의 주인집 아들과 집사 아들, 일본군 장교와 졸개의 만남이 아닌, 소련군 포로로서 만남이 이루어졌을 때서야 드디어 동등한 포로 동료로서의 만남이 이루어진다.

그 시절 그 누구도 상상하기 어려운 파란 눈동자들 속에 낀 동양인, 2차 세계대전의 거대한 소용돌이 속에서 노르망디에 이르는 12,000Km의 전쟁을 겪는다.

이 영화의 몇 가지 아쉬운 점 중 하나는 매 순간 생사의 갈림길에서의

호모 엠파티쿠스(Homo Empaticus)적인 준식의 휴머니티 선택에서 오는 지루함과 불편함이 있었다면 호모 비오랑스(Homo Violence)적인 다츠오는 변모되는 새로운 인간상으로 관객을 몰입시켰다는 점이다. 준식의 휴머니티 항상성은 그가 포로로 잡은 중국인 저격수 쉬라이가 고통 받고 있을 때, 그녀의 가장 소중한 기억인 가족사진 수첩을 찾아 줄 때, 그녀를 탈출시키는 장면에서도 포착할 수 있다.

그렇다면 인간의 폭력성…… 내재적일까? 환경의 산물일까? 프로이트는 인간의 무의식에 이미 파괴적 본성인 '타나토스'라는 죽음 본능이 존재한다고 주장한다. 사람에게는 다른 사람을 공격하고 파괴해 무(無)로 되돌리고자 하는 속성이 있다는 것이다. 얼마나 폭력적이었으면 프랑스 철학자 로제 다둔은 아예 폭력적 인간이란 뜻의 '호모 비오랑스'라는 표현까지 제기했을까?

2014년 2월 어느 날이었다. "살아남고 싶은 게 아니야, 살고 싶은 거지."라는 명대사를 남긴 스티브 맥퀸 감독의 영화 〈노예 12년〉을 관람할 때였다. 백인들이 억울한 일을 당한 노예들을 차례로 나무에 매달아 죽였다. 대롱대롱 매달려 있는 인간 열매 위로 빌리 홀리데이의 노래 「이상한 열매」가 눈물처럼 쏟아질 때 〈마이 웨이〉 속 준식이 눈 내리는 허공에 고드름처럼 대롱대롱 매달려 있던 플래시백 장면이 내 동공을 덮쳐 왔다. 아벨 미어로폴의 인종차별에 대한 저항 시에 곡을 붙인 노래를 잠시 듣고 가자.

> 남부의 나무에는 이상한 열매가 열리네
> 잎사귀와 뿌리에는 피가 흥건하고
> 검은 몸뚱이가 남풍을 받아 건들거리네
> 포플러 나무에 매달린 이상한 열매
>
> 아름다운 남부의 전원풍경이여
> 튀어나온 눈과 찌그러진 입술
> 매그놀리아 향기는 달콤하고 신선한데
>
> 어디선가 살덩이를 태우는 냄새
> 이곳에 까마귀가 뜯어먹을 열매가 있네
> 비를 맞고 바람을 삼키면
> 이상하고 슬픈 열매는 나무에서 떨어지네

〈이상한 열매〉를 부르는 빌리 홀리데이

카메라 풀숏의 잔혹한 힘으로 나무에 매달린 이상한 흑인 열매가 어느새 자연스러운 일상이 되는 세상도 보았다. 흑인을 억압하는 사회 분위기를 그대로 견인하는 이 노래에 3도의 화상을 입은 것처럼 당신의 목도 무감각해지고 있죠? 한 사람의 기억이 모두의 과거가 되기까지 더 이상 이런 분노는 생기지 않겠지만, 정말 전쟁은 안 돼.

누구에게나 자신만의 '마이 웨이'가 있다. 프랭크시나트라의 〈마이 웨이〉가 인생을 노래했다면 폐쇄적이고 불합리한 폭력 문화의 상징인 〈마이 웨이〉는 우정을 소비한다. 감독이 의도한 어떤 신념, 치밀한 계산, 아니면 어쩔 수 없는 상황의 방어기제로 가더라도 새로운 길은 새롭게 열리기 마련이다.

한국 영화사에서 가장 스펙터클한 장면으로 기록될, 현지에서 실재 모

델과 같은 무기들로 재현한 노르망디 전투 장면은 제62회 베를린국제영화제 파노라마 스페셜 부문에서 초청장을 거머쥐게 하였다.

우리가 모르고 지나칠 뻔했던 그 남자 김준식은 『그리스인 조르바』 속 대사처럼 "우리는 시작에 머물러 있을 뿐, 충분히 먹은 것도 마신 것도, 사랑한 것도, 아직 충분히 살아 본 것도 아닌 상태였다."고 간신히 읊조린다. 그 긴 고통의 테러 속에서도 영혼의 근육을 튼실하게 키워 내며 난 충만한 삶을 살아왔다고는 할 수 없어. 그러나 난 모든 길을 다녀봤어. 후회라~ 많지! 하지만 난 내게 주어진 것을 했을 뿐 그것을 포기않고 끝까지 해냈어. 예외는 없었지 라고 말하는 것 같다.

개봉 : 한국, 2014
장르 : 로맨스/멜로
감독 : 김대우
출연 : 송승헌, 임지연, 조여정, 온주완

바흐의 음악으로 비로소 완성된 사랑
<인간중독>

: Obsessed

내가 이 세상에서 할 게 무엇일까요? (……)
나에게는 당신만이 오로지 유일한 명예요, 재산이요,
내 삶의 목적이요, 내 생의 뮤즈입니다.
난 당신 없이는 하루도 살 수 없습니다.
내 영혼이 당신의 영혼을 향해 던질 그 열망을,
그리고 두 영혼이 하나로 되어야 한다는 사실을,
그로 인해 내가 죽을 지경이라는 것을 느끼지 못하나요?

_귀스타브 플로베르『감정교육』중에서

이러저러한 영화평에도 불구하고 난 〈인간중독〉이라는 제목에 홀렸다. 마음을 건드리는 제목에 망설임 없이 김대우 감독의 "사랑의 궁극은 사람이 없으면 견딜 수 없는 것, 숨을 쉴 수 없는 것이 이 영화의 시작이었다."라는 말에 고개를 주억거리며 표를 산다. 보통 죽음에 이르는 '중독'이란 제목을 가지고 나오는 작품들 대부분은 끔찍하게 독하다. 중독은 결핍을 근본으로 삼기 때문이다.

미국의 관계중독 전문가 브랜디 세퍼는 사랑중독에 빠지는 원인에 대하여 "어린 시절 부모의 무조건적인 사랑을 받은 사람은 성인이 되어 성숙한 사랑을 하지만 그 반대의 경우에는 부모를 대체할 타인을 끊임없이 찾아 나선다."라고 주장한다. 다시 말해 어릴 때 부모와 애착 관계가 제대로 형성되지 않을 경우 관계중독자가 될 수 있다. 엄마가 안 보이면 아이가 갑자기 공황상태에 빠지듯, 어린 시절 애착 형성이 제대로 발달하지 않으면 성인이 된 뒤 '사랑받는 자'가 되기 위해 끊임없이 부모를 대체할

존재를 필요로 한다.

항상 무언가에 중독되어 있는 이 시대의 우리들. SNS, 인터넷쇼핑, 술, 커피, 담배, 약, 혹은 지독한 사랑, 섹스, 경마 등등. 사랑중독의 유형도 많다. 상대방에게 대책없이 집착하는 형, 누군가와 끊임없이 연애를 해야만 마음의 안정을 찾아 한 타임이 끝나면 그 감정을 정리할 새도 없이 또 다른 대상을 찾아나서는 고군분투형 등도 있다.

사랑이란 텍스트는 늘 배달된다. 질투를 불러내는 예술 작품의 단골 소재. 빛과 어두움이 공존하듯 신비를 둘러 주접스러운 사랑을 미화시킨 이면에는 사랑의 어두운 그림자가 도사리고 있다. 심리학에서는 이 어두운 그림자를 사랑의 상처, 사랑의 중독이라고 부른다. 한 예로 괴테의 무서운 공허감이 선택했던 『젊은 베르테르의 슬픔』이 '베르테르 효과'

란 심리학 용어를 파생시켰다. 이것도 따지고 보면 유형만 다르지 사랑의 중독이다. 마지막으로 로테를 찾아간 베르테르는 억제할 수 없는 사랑을 절절이 고백하지만 로테는 냉정하게 작별 인사만을 건넨다. 실의에 빠진 베르테르는 로테에게 빌린 권총으로 그 자리에서~ 탕!

베트남전이 막바지로 치닫던 1969년, 엄격한 위계질서와 상하관계로 지배되는 군관사. 장인의 막강한 배경에 모두의 신임까지 받으며 승승장구 중인 교육대장 '김진평(송승헌)'과 남편을 장군으로 만들려는 야망을 가진 진평의 아내 '이숙진(조여정)'. 어느 날 군관사에 대령의 부하로 충성을 맹세하는 '경우진(온주완)'과 그의 아내 '종가흔(임지연)'이 입주한다. 진평은 아련한 눈빛의 가흔에게 첫 만남부터 강렬한 충동을 받는다. 그들의 사랑은 1960년대 군인 사회에 대한 구극의 통찰과 응시에서 출발한다. 화교인 가흔은 어릴 때 산속에서 아버지를 이질로 잃고 엄마가 버린 상처투성이 아이였다. 경우진 대위 어머니가 이 아이를 데려다 딸처럼 키웠다. 13세에 경 대위에게 성폭행을 당한 가흔은 그 트라우마의 고통을

피해 삶의 주도권을 포기한다. 자신을 거두어 준 경 대위 어머니의 권유에 못 이겨 사랑하지 않는 결혼을 하지만 경 대위와의 스킨십을 극도로 싫어한다. 쓸쓸한가 하면 슬퍼 보이기도 하는 그녀의 몽환적 매력에 진평이 빠져든다. 월남전 영웅으로 총망받는 김진평 대령은 당시의 트라우마로 인해 신경증 약을 먹는다. 사랑의 집착이 그녀를 계속해서 방문하는 사이 독처럼 번지는 감성은 연인을 옭아맨다.

아, 잠시! 군관사의 서열을 한눈에 느끼게 해 주는 김치 담는 장면을 보자 오래전 군법당에 다니며 보았던 장면들이 천천히 오버랩되었다. 스타 집에는 하루에 장교 부인 두 사람씩 당번을 서는데 김치는 물론 빨래 청소까지 도맡아 치루어 낸다. 알아서 기는 것이다. 스타 집에 파출부가 없을까마는 남편의 진급을 노린 부인들의 치맛바람인 셈이다. 출세를 위해 부인을 이용하는 남편, 남편을 장군으로 만들려는 야심찬 부인들, 그들의 우아한 농담 속에 서로를 비아냥대는 해학 문화를 놓치지 않는 감독이 있다. 어느 날 대위 부인들이 모여 오직 사랑만 가지고 다 버릴 수 있느냐는 질문을 던지지만 다들 대답을 회피한다.

사랑은 불완전하다. 사랑의 나이가 얼마나 많은지는 아무도 모른다. 사랑은 인류의 도덕성이 탄생하기 이전부터 존재했던 욕망이다. 그래서 이 불안전에 대한 불안의 불씨를 억압하고 망각시키는 것이 무의식이다. 사랑은 결핍태다. 먹어도 먹어도 채워지지 않고 계속해서 미끄러져 내리는 욕구된 욕망이다. 그러나 역설적이게도 광대무변하게 무의식에 저장된 이 불완전 욕망으로부터 시가 나오고 사랑도 온다. 불륜의 사랑은 다만 사랑을 하는 동안 불완전함을 깨닫거나 불안함을 해소시키는 수단으로 사용된다. 그래서 라캉은 "불완전한 것이 완전한 것보다 더욱 완성된 경지"라고 했나 보다.

영화 전반부다. 연회석에서 어느 상사가 가흔과 춤을 추려 하자 치솟는 질투심에 진평이 그를 제지한다. 다음 날 고맙다는 말을 하려 진평을 찾은 가흔을 붙잡고 입을 맞춘다. 군용차 안에서, 가흔의 침실에서 둘의 밀애는 계속된다. 클라이맥스에서 "함께 베트남으로 떠나자."는 김진평의 말에 "그렇게 모든 걸 버리고 떠날 만큼 사랑하진 않아요."라며 주춤 물러선다. "당신을 안 보면 숨을 쉴 수가 없어. 여기, 여기가 꽉 막혀서 숨을 쉴 수가 없다."고 가슴을 치다가 갑자기 권총을 꺼내 자신의 가슴을 쏠 때, 사랑에 중독된 한국판 베르테르였다. 정말 사랑? 아님 중독? 피난처? 탈출구? 모두에게 상처로 남은 현장은 결국 과거의 상처가 또다시 새로운 상처를 낳는 트라우마의 현장이 되고 말았다. 억압된 자신의 감정과 주변의 시선에서 벗어난 자유로운 그의 영혼은 이상하게도 새삼 더 인간적으로 보이긴 했다.

또 있다. 피터 웨버가 감독한 영화 〈진주 귀고리를 한 소녀〉에서 귀고리 달아 주는 장면을 오마주했다 치자. 그런데 그 귀고리를 달아 주는 장면이 좀 갑작스럽고 뜬금없어 어? 이게 뭐지? 하면서 잠시 뻥 떴다. 또 있다. 불륜 특유의 비장미나 격정을 표현하기 위해 오직 어쿠스틱 악기로만 구성된 클래식 음악뿐만 아니라 음악의 아버지 바흐의 곡 '오보에를 위한 현 콘체르토(Concerto in D minor BWV 974)'를 선택해 파격 그 이상의 품격 있는 OST를 완성했다. 틈만 나면 진평은 시내 음악감상실에서 마음

이 만들어 낸 아날로그 세계를 들으며 전쟁의 휴유증을 달랜다. 또한 진
평과 가흔이 클래식에 맞춰 서툰 왈츠를 추는 모습은 베스트 장면 중 하
나로 꼽힌다. 그들이 불쑥 음악감상실에 갈 때마다 잠시 잠깐 출연해 웃
기는 유해진 캐릭터를 보다, 실존인물 '솔로몬 노섭'의 실화를 그린 영화
〈노예 12년〉에서 눈가에 주름도 자글자글한 브레드피트가 쌩뚱맞게 잠
깐 나오던 신과 겹쳐져 실소했다.

  흡연 권장 영화같이 송승헌은 계속 담배만 피운다. 불명예 제대와 이
혼, 그 길로 베트남으로 떠난다. 사랑을 잃고 떠나는 사내에게는 이 나라
의 풍경도 오롯이 아름답기 어려웠으리라. 몇 달 후 라오스 국경에서 한
국군을 안내하다가 저격당한다. 강박적 자기 몰두에서 스스로 벗어나지

못한 채 타의에 의해 마지막 숨을 거둘 때 안주머니에서 꺼내는 건 가흔의 사진이다. 그 순간 실체감을 상실한 이현실감(離現實感)으로 인해 자신의 죽음도 자신이 아닌 듯 낯설었을 것이다. 그리고 그 부고를 받은 건 부인이 아니라 가흔. 사랑 앞에서 이성을 잃어버린 엘리트 군인이 아닌 한 남자, 그 장면에서는 격정적인 사랑의 서사시에 빠져 마지막까지 눈을 뗄 수 없었던 안소니 밍겔라 감독의 영화 〈잉글리쉬 페이션트〉와 살바도르 달리의 그림 〈갈라의 모습이 있는 확대 자화상〉이 저릿저릿 다가왔다. 얼마나 사랑했으면 자신의 눈동자, 그것도 제일 안쪽에 사랑하는 여인 갈라의 모습을 그려 넣었을까? 그래 김진평도 숨 거두는 마지막 순간 자신의 망막을 덮고 있었던 것은 가흔의 얼굴이었을 것이다.

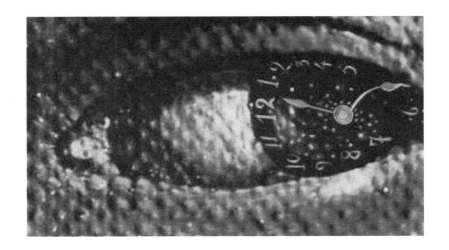

불이 켜진 저기, 텅 빈 객석 사이를 보라. 고독한 자신의 내면을 얘기할 수 있는 상대방이, 자신의 이야기를 들어줄 상대방이, 다만 필요했다고 김진평은 류시화의 시(詩) 「물안개」를 적으며 슬픔의 끝에 앉아 있다.

세월이 이따금 나에게 묻는다
사랑은 그 후 어떻게 되었느냐고
물안개처럼
몇 겹의 인연이라는 것도
아주 쉽게 부서지더라

부~서~지~더~라~!

개봉 : 영국, 2013
원제 : About Time
장르 : 로맨스/멜로, 코미디
감독 : 리차드 커티스
출연 : 레이첼 맥아담스, 빌 나이, 돔놀 글리슨, 톰 홀랜더

호모헌드레드(HOMO hundred) 시대의 사랑법
<어바웃 타임>

: About Time

영국의 미디어리서치 업체 스크린다이제스트는 1인당 평균 영화 관람 편수는 한국이 4.12편으로 미국 3.88편을 제치고 처음으로 세계 1위에 올랐다고 발표했다. 당신이 본 영화 중에는 심심풀이 땅콩도 있었겠지만 정말 아름다운 별빛으로 기억되는 작품들도 있다. 영화 예매 사이트 맥스무비는 관객 3000여 명에게 올해의 인상적인 영화와 최고의 대사를 물었다. 어느 영화의 어떤 대사일까?

먼저 인터넷 네티즌 별점으로 go! go!

1. 시간과 추억의 소중함을 깨달았다.
2. 한해를 따뜻하게 마무리해 준 고마운 영화.
3. 잔잔한 가족영화로 나쁘지도 않았지만 추천하고 싶지도 않은 영화.
4. 전개만 있고 위기가 없지만 많은 걸 생각하게 해 주는 영화.
5. 가족과 주어진 환경에 감사하게 되는 영화.

5. 행복이란 무엇인가를 생각하게 해 준 영화.

6. 현재에 충실하라는 교훈.

7. 갑자기 저런 가정을 갖고 싶다.

8. 지금 이 순간 사랑하는 사람들과 사랑하며 살라는 깨달음.

9. 행복의 비밀공식은 매순간 최선을 다해 사는 것.

10. 이동진 영화평론가는 여자들이 어떤 남자를 좋아하는지 잘 아는 사랑 영화, 보고 나면 기분이 좋아지는 선한 영화 〈어바웃 타임〉이다.

A와 B가 이메일을 주고받다 만나기로 한다. 그러나 만남은 이뤄지지 않았다. A는 2011년 현재, B는 과거 2010년에 살고 있는 기욤 뮈소의 소설 『내일』은 시간을 건너뛰는 이야기다. 이 책에 취했던 사람은 〈About Time〉 속 명대사 "인생은 모두가 함께하는 여행이다. 매일매일 사는 동안… 우리가 할 수 있는 건 최선을 다해 이 멋진 여행을 만끽하"는 것에서 낯익은 감동을 받을 것이다. 리차드 커티스 감독의 〈러브 액츄얼리〉가 지난 10년간의 크리스마스를 책임졌다면 그의 이번 영화 〈어바웃 타임〉은 2013년 크리스마스와 신년을 장악했다. 하지만 이 작품이 거장의 마지막 은퇴 작품이라니 안타깝고 섭~섭~하다.

영화의 시작은 주인공 팀(돌놈 글리슨)을 중심으로 아버지(빌 나이), 어머니(린제이 던컨), 여동생 조안나(바네사 커비)와 외삼촌이 함께 사는 단란한 가정의 일상에서 출발한다. '타임머신'이라는 SF 소재를 차용한 로맨틱 코미는 "매순간 최선을 다해라", "이 날을 붙잡아라", "지금 이 순간을 만끽하라"는 카르페 디엠(Carpe Diem) 메시지를 극적인 장치로 사용한다. 주인공 모태솔로 팀은 21살 성인이 된 날, 아버지로부터 놀랄 만한 가문의 비밀을 듣는다. "팀~ 넌 시간을 돌리면 뭘 하고 싶니?" "아빠! 저는요~ 그 능력으로 비록 핵발전소를 없애거나, 아이티 아이들에게 빵을 배불리 먹일 순 없더라도, 여신과 뜨거운 사랑을 할 수는 없더라도, 여자 친구를 만드는 데는 꼭 사용해 보고 싶어요." 아버지께 시간 여행을 할 수 있다는 이야기를 전해 들은 팀은 이를 장난스럽게 받아들이면서 얼떨결에 시간 여행을 시작한다. 아버지는 아들이 이 능력을 위대한 일에 쓰길 은근히 바라지만 팀은 오로지 사랑을 위해 이 능력을 쓰겠다고 선언한다. 역시나 이 능력은 메리를 유혹하는데 탁월했다.

그날 이 후, 여학생에게 말도 못 걸던 찌질이 빨강머리 팀은 훈남으로 변해 더 넓은 생을 경험하기 위해 런던으로 간다. 우연히 들른 시크릿카페에서 메리를 만나 첫눈에 반한다. 메리의 사랑을 쟁취하기위해 그 능력을 최대한 이용하며 로맨틱 코미디의 정수를 보인다. 팀의 첫 번째 시간 여행 실습은 다름 아닌 첫사랑의 등에 썬크림을 잘 발라 주기 위해 과거의 해변 가로 돌아가는 것이다. "얼마나 오래 널 사랑할 수 있을까 ~ 얼마나 오래 널 원할까~ 얼마나 오래 내가 널 붙잡을까~ 하면서." 두 번째는 첫날밤을 엉성하게 보냈다고 생각한 팀이 메리를 완벽하게 만족시켜 주기 위해 세 번씩이나 첫날밤 직전으로 되돌려 메리의 원더풀을 이끌어 내고, 친구가 결혼식 축사를 엉망으로 망쳤다고, 시간을 돌려 그날의 실수를 만회시키는 등 일상의 주름들을 다림질하느라 바쁘다.

'팀 집안의 남자'들이 과거로 돌아갈 수 있는 능력을 부여받는 장소는 어둡고 퀴퀴한 아주 좁은 공간이다. 캄캄한 골방이거나 양복장 속으로 들어가 문을 꼭 닫고서 눈을 감은 후에 두 주먹을 불끈 쥐고 자기가 원하는 시간에 몰입하면 원하는 시간의 그 장소로 돌아간다. 이런 장면은 '주먹 쥐고 끙끙' 하려는 장소 구현의 전략이다. 관객으로 하여금 카타르시스에서 동일시를 거쳐 신비주의자라도 된 것 같은 엑스터시를 맛보게 해 준다. 현실에서 가끔 상상은 했으나 가당치도 않은 일이라고 애써 외면했던 현상들이 화면에서는 가능한 것이다. 인생의 모든 순간들이 저렇게 두 번째 기회를 가질 수 있었다면 정말 영화처럼 좋은 결과만 도래되었을까?

이 영화가 색달랐던 것 중 하나가 팀과 메리의 야외 결혼식장이다. 하얀색 웨딩드레스 대신 정열적인 붉은색 웨딩드레스를 입은 장밋빛 신부! 하객들이 하나 둘 모여들고 주체 측은 천막을 치고 식탁보를 깔고 꽃길을 준비한다. 환호와 웃음소리 섞인 예식이 끝남과 동시에 천둥번개에 비바람이 몰아쳐 현장을 초토화시킨다. 억수같이 쏟아지는 폭우에 보통 하객들이라면 불쾌했을 터인데 행복한 표정으로 그 현상을 그대로 즐기며 이색적인 파티는 마무리된다. 시간 능력을 사용했더라면 과거로 돌아가서 비가 오지 않는 좋은 날에 멋진 결혼식을 다시 올릴 수도 있었을 텐데 굳이 그러지 않은 것은 의도된 신선함이랄까?

나쁜 남자와 사랑에 빠졌던 팀의 여동생은 사건, 사고로 불운의 연속이다. 망가져 가는 동생의 인생을 행복하게 만들어 주기 위해서 동생에게 자신의 능력을 고백하고 함께 시간 여행을 시도한다. 팀은 여동생의 사고를 막으려다 자기 아이의 성별이 뒤바뀌는 황당한 경험을 한다. 너무 놀란 팀은 자기 아이를 포기할 수 없어 뒤죽박죽된 모든 일을 제자리로 돌린 후 현실적인 해결책을 찾으며 깨닫는다. 그녀 스스로 극복할 수 있게 돕는 것이 동생을 진실로 사랑하는 것이라는 것을 그래서 최선을 다한 후에 오는 운명은 그대로 받아들여야 한다는 것을.

사실 '시간'을 주제로 다루는 영화는 〈이프 온리〉, 〈사라의 블랙홀〉, 〈나비효과〉, 드라마 〈나인〉, 소설 〈당신 거기 있어 줄래요〉 등 다양하다. 그러나 각각의 작품들은 저마다 독특한 시간 여행 법칙을 준수한다. 〈어바웃 타임〉 역시 독특한 시간 여행 법칙을 준수한다. 첫째 오직 과거로만 돌아갈 수 있고, 둘째 아이를 낳으면 그 능력이 효력을 상실하고, 셋째는 자기 자신이 직접 과거로의 시간을 돌린다는 점과, 넷째는 자신의 기억 속으로만 이동이 가능하다는 것. 다섯째는 자신의 좀 더 나은 행복을 위해서만 자신이 가지고 있는 능력을 활용할 뿐 타인을 해치는 일에는 결코 사용하지 않는다는 점이다.

이 영화를 보면서 사람들은 생각한다. 시간을 다시 돌린다면 얼마나 좋을까? 시간을 돌리게 된다면 몇 살로 돌아갈까? 생각하는 동안 영화는 중간을 지나간다.

후반부다. 병원에 간 아버지는 폐암. 폐암에 걸리지 않은 시절, 즉 담배를 피우기 전으로 돌아가라는 아들의 권유에 "네 엄마가 담배 피우는 내

모습에 반한 것 알고 있니?"라며 유쾌하게 병을 받아들인다. 암을 없애려
고 시간 여행을 하여 수십 년을 함께한 아내와 사랑하는 자식들이 없어
지는 것보다는 암과 함께 동행하며 지금을 그대로 즐기겠다며 웃는 아
버지. 자신의 생명을 연장할 수 있는 기회마저 거부하고 죽음을 받아들
인 아버지, 팀의 새로운 아이가 태어나면서 시간 여행을 할 수 없게 되자,
마지막으로 하게 된 부자의 과거로의 산책을 볼 때는 울어대는 파도만
큼이나 가슴이 먹먹해졌다. 젊은 주인공의 풋풋한 사랑뿐 아니라 가족과
인생 그 모든 것을 담는 '시간'에 대해서 피천득은 말한다.

이 순간 내가
별들을 쳐다본다는 것은
그 얼마나 화려한 사실인가

오래지 않아
내 귀가 흙이 된다 하더라도
이 순간 내가
제9교향곡을 듣는다는 것은
그 얼마나 찬란한 사실인가

그들이 나를 잊고
내 기억 속에서
그들이 없어진다 하더라도
이 순간 내가
친구들과 웃고 이야기한다는 것은
그 얼마나 즐거운 사실인가 (……)

_피천득 「이 순간」 부분

개봉 : 미국, 2014
원제 : Begin Again
장르 : 로맨스/멜로
감독 : 존 카니
출연 : 키이라 나이틀리, 마크 러팔로, 애덤 리바인, 헤일리

나와 함께 노래할래요?
<비긴 어게인>

: Begin Again

그는 나의 북쪽, 남쪽, 동쪽 그리고 서쪽이었다
나의 노동의 나날이었고
내 휴식의 일요일이었고
나의 정오였고
나의 한밤중이었고
나의 이야기였으며
나의 노래였다
사랑이 영원히 계속될 줄 알았지만,
그게 아니었다

_W.H. Auden 「슬픈 장례식」 부분,
  영화 <네 번의 결혼식과 한 번의 장례식>에서

작은 영화 돕기 예산을 헐리우드 대형 영화가 가로챘다는 비아냥거림을 받은 〈비긴 어게인〉이 자신의 음악영화 〈원스〉의 흥행기록을 넘어섰다. 역대 다양성 영화 1위인 이충렬 감독의 〈워낭 소리〉, 2위 미야자키 하야오 감독의 〈하울의 움직이는 성〉, 3위였던 이안 감독의 〈색 계〉를 물리쳤다. 다양성 영화란 작품성이나 예술성이 뛰어난 저예산 영화를 뜻한다. 그렇다면 190억 원을 들인 〈명량〉보다 훨씬 많은 259억 원이란 제작비가 들어간 작품이 어떻게 다양성 영화로 선정되었을까? 다양성 영화를 정의하는 기준 역시 무엇보다 다양성을 중시하기 때문이다. 반드시 저예산이 아니어도 〈비긴 어게인〉처럼 예술영화로 인정받으면 다양성 영화로 분류된단다.

이 영화는 스타 명성을 잃은 음반 프로듀서와 스타 남친을 잃은 싱어송라이터가 뉴욕에서 만나 노래로 시작하는 로맨틱 멜로디이다. 싱어송라이터인 '그레타'(키이라 나이틀리)는 남자 친구 '데이브'(애덤 리바인)가 메이저 음반회사와 계약을 하게 되면서 뉴욕으로 온다. 그러나 행복도 잠시, 음악적 파트너로서 함께 노래를 만들고 부르던 그때와 달리 스타가 된 데이브의 마음은 변해 버린다. 한편 이혼당하고 직장에서 해고까지 된 스타 음반 프로듀서인 '댄'(마크 러팔로)은 미치기 일보 직전에 들른 뮤직바에서 촌스러운 그레타의 자작곡을 듣는 순간 술이 확 깨며 처음 본 그레타에게 음반 제작을 제안한다. 제목처럼, 최악의 하루를 보낸 두 주인공이 우연히 만나, 진짜로 부르고 싶은 노래라는 공통분모를 찾는다. 어디에서도 인정해 주지 않는 그들은 세상에 없는 거리 밴드를 결성한다. 친구들의 눈물 어린 도움으로 뉴욕 거리를 스튜디오 삼아 음악 속에 거리의 소

음까지 모두 녹음하는 이변을 달성한다. 당신도 음원차트 상위권을 휩쓴 OST 음반을 두 번만 들으면 집에 있는 스피커를 아마도 바꾸고 싶어질 것이다.

　필립 그로닝 감독이 카르투시오 수도원에서 인간의 언어가 사라진 '침묵' 위에 자연의 소리를 날것 그대로 담아낸 작품이 〈위대한 침묵〉이라면, 이 작품은 문명의 문명스러움을 날것 그대로 하나도 빼지 않은 채 다 담아내는 재치를 보인다. 센트럴파크 호수 위, 엠파이어 스테이트 빌딩이 보이는 옥상, 차이나타운, 뉴욕 지하철 등 거리 곳곳에서 울려 퍼지는 완벽한 하모니는 캐릭터의 우울증 삽화까지 섬세하게 표현하며 열등의식의 의욕홀몬 분비를 방해한다. 그렇다. 항상 남과 나를 기준으로 비교하

면 상대적 빈곤감으로 인해 내 자신이 더없이 초라해져서 우울증이 깊어
진다. 하지만 댄과 그레타처럼 결핍된 과거의 나와 차츰 변모하고 있는
현재의 나를 비교하면서 불완전한 나를 그대로 인정하고 있는 그대로를
그대로 받아들이며 나가다 보면 발전된 내 모습이 자랑스러워지는 순간
을 만난다. 미화되지 않은 뉴욕의 분위기가 관객들에게 그대로 전달되어
마치 배낭여행을 하는 듯한 느낌이다. 불안, 걱정, 좌절감 같은 부정적 감
정의식으로 발달했던 콤플렉스를 첨단의 뉴욕 풍경이 치유를 해 주는 서
사성은 장기이다.

존 카니 감독은 한때 프로 뮤지션이었던 자신의 과거 경험을 되살려 전
작 〈원스〉와는 다른 성향의 음악을 영화 속에 실감나게 녹여냈다. 그런
각고의 노력으로 이 작품은 지난해 토론토영화제에서 극찬을 이끌어 냈
고 올해 제17회 상하이국제영화제 예술공헌상을 수상하며 평단의 인정
을 받았다. 그뿐만이 아니다. 희망으로 가득 찬 이 작품에서 주인공 키이
라 나이틀리의 자연스런 덧니는 즐거운 감성을 폭발시키는데 일조를 한
다. 또한 출연 배우인 헤일리 스테인펠드도 노래를 부르는가 하면 특히
주제곡 'Lost Stars'는 애덤 리바인과 워너비 여배우 키이라 나이틀리가
각각의 버전으로 불러서 더욱 화제다.

Like A Fool_ Keira Knightley

때론 우린 운을 믿곤 해 위험한 모험도 감수하지
넌 우리가 한 모든 약속들을 산산이 부쉈지만
그래도 난 널 사랑했어

오랜 시간 끝에 난 홀로 남겨졌고
아직 난 슬프지만 이젠 널 잊을거야
넌 나의 돛에서 모든 바람을 앗아갔지만
그래도 난 널 사랑했어
함께 삶을 찾는 순간 넌 떠났지
무지개만 쫓아다닌 너였어
원망할 곳 없을 때 넌 날 저주했지만
그래도 난 널 사랑했어
마지막 남은 원칙들도 모두 어겨 버린 널
난 바보처럼 사랑했어

Lost Stars_ Adam Levine / Keira Knightley

보지 말아요, 한낱 꿈과 환상에 빠진 소년을
날 봐요, 보이는 누군가에게 손 뻗는 나를
그 손을 잡고 내일 아침 함께 눈을 떠요
미래를 계획하지만 때론 하룻밤 놀이일 뿐
어처구니없게도 큐피드는 화살을 되돌려 달라지
그럴 땐 우리 눈물에 취해 봐요
하느님, 왜 청춘은 청춘에게 주기엔 낭비인가요?
사냥철이 왔으니 이 어린 양은 달려야 해요
의미를 찾아 헤매는 우린
어둠을 밝히고 싶어 하는 길 잃은 별들인가요?

거리를 걷다가 좋아하는 곡을 우연히 만나면 어머~ 이건 그대가 좋아하는 곡인데 하면서 그대가 환하게 떠오르는 노래가 있다. 어떤 시를 좋아하는지를 알게 되면 그 사람이 어떤 색깔을 좋아하는지 알게 되듯이, 어떤 음악을 듣는지를 알게 되면 그 사람을 기른 습관이 무엇인지 한 번에 알게 된다. 〈비긴 어게인〉은 노래하고 사랑하고 화내고 웃는 여자의 존재에 대한 고찰인 동시에 육체가 개입하지 않은 흔하지 않은 사랑의 연대(連帶)이다. 누구나 영화를 알지만 누구나 영화를 모른다. 카메라는 시간을 정지시키지만 실상 시간은 정지해 본 적이 없다. 신(scene)과 신이 만들어 내는 세상의 시간에 대한 주름은 더할 나위 없이 깊다.

시(poem)는 연과 행의 틈으로 읽어야 맛이 나는 것처럼 영화는 쇼트 바이 쇼트(shot by shot)로 장면과 장면의 틈을 잘 봐야 맛이 난다. 맛난 영화! 어쩜 그대와 내가 영화를 사랑하는 건 세상을 사랑하는 또 다른 방법이 아닐까.

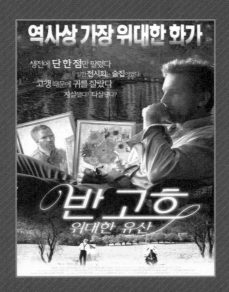

개봉 : 네델란드, 2013
원제 : The Van Gogh Legacy
장르 : 드라마
감독 : 핌 반 호프
출연 : 바리 아츠마, 예로엔 크라베

론강의 별이 빛나는 밤
<반 고흐, 위대한 유산>

: The Van Gogh Legacy

그의 해바라기는/씨가 없다/어디로 갈까?
지구처럼 해를 바라고 돌아나 볼까?
씨가 없으니 한번 죽으면 다시 또 오지 못할
이승/이승의 하늘은 얼굴이 없고
감자를 먹는 가난한 가족과
부러져 튀는 다리가 강 위에 있다
어디로 갈까?/여름 염천(炎天)에
해바라기의 모서리가 가맣게/타고 있다

_김춘수 「반 고흐」 전문

블랙홀의 중력을 역이용하여 은하와 은하를 연결하는 크리스토퍼 놀런 감독의 영화 〈인터스텔라〉가 미래에 대한 장쾌한 공간 미학을 보여 준다면, 핌 반 호프 감독의 〈위대한 유산〉은 지나간 한 시절인 절망의 공간 미학이다. 후기인상파 빈센트 반 고흐(Vincent van Gogh, 1853~1890)는 평생을 자신의 정체성을 찾기 위해 도시, 산촌, 강촌, 농촌으로 방황하며 자신의 우주 곳곳을 물감으로 메웠다. 빛과 열정으로 빈틈없이 채워 내는 그의 독자적인 공간은 넉넉하고 충만해서 아름답다. 한편 자신의 귀를 자르고 그 괴기함을 그림으로 남긴 경고가 도사린 곳 또한 그의 공간임이 분명하다. 감독은 조화와 부조화가 시대를 운반하는 그림이라는 공간미학을 바탕으로 고흐의 고뇌사를 연출해 내는데 성공했다.

주인공 빈센트 빌렘 반 고흐는 아버지 테오가 큰아버지 반 고흐 때문에 일찍 죽었다고 생각한다. 그래서 모든 그림을 헐값에 처분하기로 결심한다. 마지막으로 큰아버지의 흔적이 남은 공간을 하나 둘 찾아가면서 영화는 출발한다. 테오의 아들이자 고흐 조카인 빈센트의 시각을 통해 그의 드라마적 요소를 살린 〈위대한 유산〉은 루머가 아닌 확실한 사실을 묘사한다. 네덜란드에서 목사의 아들로 태어나 프랑스에서 반종교적인 사회주의자로 죽기까지 광기와 극기의 병렬적 삶 사이사이 그가 남긴 명작 탄생의 비밀을 엿보는 묘미는 지대하다.

런던 구필 화랑에서 일하다 그림을 그리기 위해 프랑스에 정착한 것은 28세 때였다. 끝없는 불운과 정신질환에 시달리다가 자발적으로 37세에 생을 마쳐야 했던 천재. 예술에 대한 불타는 의지는 캄캄한 터널에 한 줄기 불빛으로 작용한다. 고흐는 밀레의 〈만종〉을 본 순간 "바로 이것이

The Van Gogh Legacy

145

야, 너무 훌륭한 그림은 한 편의 시야.”라며 이미 저세상 사람인 밀레를
스승으로 삼는다. 하지만 원근법을 무시하고 강력한 색채를 사용한 그
의 작품은 혐오스럽다는 평가로 당시 프랑스 미술계의 냉대와 괄시의 대
상이 된다.

테오에게! 나는 지금 아를의 강변에 앉아 있네. 욱신거리는 오른쪽 귀에서 강물 소리가 들리네. 별들은 알 수 없는 매혹으로 빛나고 있지만 저 맑음 속에 얼마나 많은 고통을 숨기고 있는 건지, 두 男女가 술에 취한 듯 비틀거리고 있다네. 이 강변에 앉을 때마다 목 밑까지 출렁이는 별빛의 흐름을 느낀다네. 나를 꿈꾸게 만든 것은 저 별빛이었을까. 별이 빛나는 밤에 캔버스는 초라한 돛단배처럼 어딘가로 나를 태워 갈 것 같기도 하네.

테오! 내가 계속 그림을 그릴 수 있을까? 타라스콩에 가려면 기차를 타야 하듯이 별들의 세계로 가기 위해서는 죽음의 관문을 통과해야 한다네. 흔들리는 기차에서도 별은 빛나고 있었다네. 흔들리듯 가라앉듯 자꾸만 강물 쪽으로 무언가 빨려 들어가고 있네. 강변의 가로등, 고통스러운 것들은 저마다 빛을 뿜어내고 있다네. 심장처럼 파닥거리는 별빛을 자네에게 보여 주고 싶네. 나는 노란색의 집으로 가서 숨죽여야 할 테지만 별빛은 계속 빛날 테지만. 캔버스에서 별빛 터지는 소리가 들리네.

테오! 나의 영혼이 물감처럼 하늘로 번져 갈 수 있을까. 트왈라잇 블루, 푸른 대기를 뚫고 별 하나가 또 나오고 있네. …어떤 별들은 레몬 빛을 띠고 있고, 다른 별들은 불처럼 붉거나 녹색, 파란색, 물망초 빛을 띤다.

_빈센트 반 고흐

학교를 졸업하고, 형은 도시의 화랑에서 일하게 되었지요. 형이 보낸 편지에는 그림에 둘러싸여 일하는 즐거움이 가득 담겨 있었어요. 편지와 함께 돈도 보내왔습니다. 나는 형이 자랑스러웠어요. 크리스마스 휴가 때, 형은 많은 화집과 판화를 안고 집으로 돌아왔습니다. 그림이나 화가에 대해 이야기할 때, 형의 초록빛 눈동자는 불타는 듯 빛났어요. 나는 형이 화가가 되면 좋겠다고 생각했습니다. 아버지는 형이 가난한 목사가 되지 않아서 다행이라고 생각했지요. 형과 같은 일을 하고 싶어서, 나도 열여섯 살이 되자 곧바로 화랑에 취직했답니다.

_테오

〈론강의 별이 빛나는 밤〉 1889, 오르세 미술관

생전에 유일하게 팔렸던 그림 〈붉은 포도밭〉 1888

아를에 도착하자마자 밤의 주체할 수 없는 아름다움에 마음을 홀딱 빼앗겼다. 1888년 아를의 노란 집으로 이사한 그는 그곳의 생명력 넘치는 색채 속에 자신을 집어던진다. 테오의 후원으로 간절히 원했던 고갱과 아를에서 함께 살게 된다. 하지만 고갱이 고흐의 임파스토 기법을 혐오하는 등 너무 다른 예술적 취향 때문에 다툼이 잦아진다. 이 지방의 별이 가장 아름다운 9월에 고흐는 촛불을 자신의 모자 위에 세우고 밤경치를 그린다. 빛의 힘으로 그해 9월을 그린 실제 작품이 바로 〈론강의 별이 빛나는 밤〉이다. 테오와 주고받은 편지에서, 선교자가 되어 사람들을 구원하지 못하는 대신 그림으로 사람들을 위로하겠다고 그린 작품이다.

돈이 없어 밥 대신 물감을 산 남자
모델비가 없어 36장의 자화상을 그린 남자
싸고 독한 술 압생트로 허기를 채운 남자
창녀 '시엔'을 사랑해서 아버지와 등진 남자
폴 고갱과 싸우고 나서 귀를 자른 남자
런던 하숙집 딸에게 뻥 채인 남자
사촌 여동생에게 청혼했지만 거절당한 남자
아름다운 모가 미망인에게 채인 여복 없는 남자
사랑 없이는 살 수 없다고 부르짖던 남자
스스로 정신병원에 간 남자
정신병원에 있는 동안 아무도 찾아오지 않던 남자
2,000여 점 그림을 그렸지만 단 한 점의 그림만 팔린 남자

〈슬픔〉 1882

만약 정말 사랑하는 여인을 만났었다면 그의 작품은 어떻게 변모됐을까? 고독했던 그는 알코올중독에 성병을 지닌, 다섯 살 된 딸을 가진 만삭의 창녀 '시엔'과 동거로 들어간다. 그의 아버지와 동생 테오가 생활비를 중단하며 그 관계를 청산하라고 강요했지만 시엔을 그린 〈슬픔〉으로 사랑을 확인시킨다.

고갱은 고흐와 심하게 다투고 떠난다. 좋아했던 고갱과의 말다툼에서 충격적인 말(고갱이 고흐와 있는 조건으로 동생에게 돈을 받았다는)을 들은 고흐는 거울을 본 순간 그 소리를 들은 자신의 귀가 저주스러워 잘라 버린다. 이 사건은 세상 누구에게도 인정받지 못하는 자신을 더욱 증오하는 계기가 되었을 뿐만 아니라 정신병원으로부터 '정신적 간질'이라는 병명을 얻는다. 어둠이 드리워진 칠흑 같은 밤, "나는 나다."라고 빛이 되고 싶었던 병적 자존감을 비수로 찌르며 아픈 귀를 붕대로 감고 앉아 귀 자른 〈자화상〉을 그린다. 그런 삶은 마주할수록 불편하다. 그의 삶에 대해 너무 무관심했다는 미안함이 그림을 볼 때마다 마음이 사금파리로 긁히는 것 같다. 1889년 생레미요양원에서 단순 구도의 〈씨 뿌리는 사람들〉을 그린 후 1890년 오베르 쉬르 와즈에 있는 초라한 카페 3층 다락방으로 이사한다.

여행 중 들른 고흐의 다락방은 생각보다 휑했다. 마지막 숨을 거둔 그 방, 자신의 목숨을 갉아먹으며 72점의 그림을 탄생시킨 방에는 달랑 의자 하나만 있었다. 그 방을 채우고 있는 것은 관광객들의 상상력이라는 현대판 감동만 가십처럼 일렁거릴 뿐.

빈센트 탄생 기념 〈꽃피는 아몬드 나무〉 1889

오른쪽 아기 안은 사람이 고흐

조카 빈센트의 탄생을 축하하기 위해 들고 온 선물이 바로 그림 〈꽃피는 아몬드 나무〉이다. 동생이 아들을 낳았다는 소식과 아기 이름을 형의 이름을 따서 빈센트로 지었다는 것을 듣고 감동한다. 새아기 빈센트를 위해 파란 하늘을 배경으로 꽃이 탐스럽게 핀 아몬드 나무는 바로 고흐의 무의식 속 생명 사랑이었다. 가족에게 인정받길 원했고 사랑을 갈구했던 고흐가 테오의 아들과 함께 행복한 시간을 보낸다.

그 후 지속되는 광기는 동생은 물론 화가 친구들마저 떠나게 한다. 불과 10여 년의 짧은 기간 동안 강렬한 색채, 거친 붓 터치는 미술사에 거대한 족적을 남긴다. 어두운 농부들의 강렬한 분위기를 묘사한 초기 대표작 〈감자 먹는 사람들〉에는 쫓겨난 전도사로서의 종교적 시선이 담겨 있다.

"내가 미친 거요? 아니면 세상을 있는 그대로만 보는 그대들이 미친 거요?"

고흐는 그가 살고 있는 시대로부터 인정받지 못해 괴로워했지만 결국 그런 환경으로부터 분리되질 못해 더욱 괴로웠던 것이다. 이처럼 당대의 세계란 심리적으로 무관한 대상이 아니라 자신의 삶에 무늬를 새기는 실존적 상황이기 때문이다. 그는 어떤 형태로든 세계와 관계를 맺고 싶어 했으나 이러한 관계가 가장 잘 드러나는 공간은 결국 좁디좁은 캔버스뿐이었다.

〈감자 먹는 사람들〉 1885

　　밀이 쑥쑥 자라고, 밀밭에서 새로운 구름이 뭉게뭉게 이는 여름. 형과 나
는 함께 종다리의 노래를 들었지요. 또, 구름 그림자를 쫓아다니기도 했고
요. 형이 밀 물결 사이로 사라졌을 때 나는 몹시 두려웠답니다. 하지만, 형은
언제나 손을 흔들며 웃고 있었어요. 그때 형은 아무것도 두렵지 않은 듯했
어요. 형은 지금, 그때처럼 밀밭 사이에 숨어 있는 건가요. 형은 곧잘 아카시
아 나무에 올라가 까치둥지를 털곤 했지요. "새끼를 다 키운 둥지만 털어야
해."라고 말하면서요. "아버지처럼 되고 싶어." 형은 그렇게 말했지만 나는
형처럼 되고 싶었습니다. (…) 하늘이 은은한 빛처럼 흘러내리고 있었습니다.
깊은 가을이었지요. 어둑어둑해진 히스 들판에 하나, 둘 불이 켜지는 농가를
보고, 형은 "사람의 둥지구나."라고 중얼거렸어요. 평범한 풍경 속에서도, 형
은 언제나 특별한 것을 보았습니다. 이별은 늘 갑작스럽게 찾아오는 것인가
요? 오늘처럼. 바람도 자는데, 밀 이삭이 수런거리고 있습니다. 파란 하늘과
쨍쨍 내리쬐는 햇살에 눈이 부셔 관을 든 친구들의 얼굴이 웃는 듯 보입니다.
하늘 높은 곳에서 새가 울고 있습니다. 종다리입니다. 잘 여문 밀알, 베어진
밀 냄새, 형의 냄새. 그런데 형은 어디에 있나요?"

_테오

베르나르와 로트렉, 절친들과의 연습실 장면

고흐 형제의 무덤, 오베르

테오에게 보낸 편지 668통과 수많은 그림들은 결국 그의 우울증의 부증불감(不增不減)이었다. 그 긴 고통의 시간을 함께 노래하는 〈위대한 유산〉 속 네 살 터울의 동생은 그의 친구이며 후원자였고 또한 소울메이트로서 동반자였다. 자신의 아들 이름을 형의 이름에서 차용한 것이나 형의 묘 옆에 묻히기를 유언한 것으로 보아 다른 시공간을 살면서도 두 형제는 유년의 기억을 공유하며 평생 의지하고 믿었던 동지였다.

고흐가 생을 마감한 지 6개월이 지난 후 테오는 아내 요한나의 만류에도 불구하고 고흐 유작전을 성황리에 열고, 1년 후 곧 형의 곁에 묻혔다. 고흐의 조카는 가지고 있던 백부의 모든 작품을 헐값에 팔려다가 마음을 돌려 네델란드 암스테르담에 〈반 고흐 미술관〉을 세웠다.

개봉 : 프랑스, 2014
원제 : Renoir
장르 : 드라마
감독 : 질레 보르도
출연 : 미셸 부케, 뱅상 로띠에르, 크리스타 테렛, 토마 도레

고통은 지나가도 아름다움은 영원하다
<르누아르>

: Renoir

바람을 타고 어디서 왔는지
은어 한 마리가 내 어깨의
비늘 한 점을 뜯어먹는다

비릿한 속도로 내 비늘 속을 따라와서는
강물 복판에 일으켜 놓는 저 표정이라니

_윤향기 「은어의 시간」 부분

포스터 속 두 마리 은어를 보라. 만약 르누아르가 보았다면 비스듬한 빛에 손과 얼굴을 맡긴 저 연인도 화폭에 옮기지 않았을까? 1915년에서 출발하는 이 영화는 인상파 화가 피에르 오그스트 르느와르(Pierre Auguste renoir, 1841~1919, 프랑스)가 죽기 전 3년 동안의 이야기다.

인상파 보물이 고스란히 남아 있는 피렌체 오르세 미술관에 들른 적이 있다. 삼백육십오일 하루같이 전 세계 관람객들로 아우성이다. 관람객이 가장 많이 모이는 전시회는 인상파, 가장 많이 팔리는 복제품 또한 인상파이다. 그렇다면 왜 이렇게 인상파에 끊임없이 발길이 이어질까? 나 역시 명화 감상의 시작은 르누아르였던 것 같다. 고전적 주제로부터 멀어지면서 서양미술의 황금기를 만들어 낸 인상파는 실외에서 실제로 보는 대상을 그리고, 섞은 물감 대신 선명한 색채를 그대로 사용하고 빛의 다양한 스펙트럼을 포착하여 인간의 내면에 평화를 주는 것이 특징이다. 1874

Renoir

년 열린 제1회 인상파 전시회는 비평가들의 "벽지로도 쓸 수 없다."는 혹평과, "물감 범벅으로밖에는 보지 않는다."라는 야유 속에서 실패로 끝난다. 그럼에도 불구하고 인상파들은 순간적으로 나타났다 사라지는 삶의 환희를 전달함으로써 창작자와 감상자의 거리를 소멸시키는데 전율을 느꼈다. 부와 명성의 근처에도 못 가 보고 죽은 대부분의 화가와는 달리 르누아르는 생전에 예술적 큰 성취를 이룬다. 그러나 다른 인상파 화가들처럼 전시회를 할 때마다 조심해야 할 점이 있었다. 그것은 고전주의 세밀화에 익숙해 있던 관람객들이 정교한 배경을 무시한 채 주인공만 강조한 화풍에 분노해서 관람 도중에 우산이나 지팡이처럼 뾰족한 것으로 그림을 찢으려 했기 때문이다. 그래서 전시장에 그림을 걸 때에는 꼭 3m 이상의 높이로 걸어야 했다.

르누아르의 초기 작품이 목가적인 인상주의였다면 중기에는 전통적 스타일을 고집하고 후기에는 인상주의와 고전주의가 혼합된 새로운 화풍으로 뮤즈를 탄생시킨다. 그 와중에 제1차 세계대전에 나간 두 아들이 큰 부상을 당한 채 돌아오고, 1915년에는 아내가 세상을 떠나고, 더욱이 해가 갈수록 심해지는 류머티즘 때문에 괴롭다. 병을 치료하기 위해 생가가 있는 남프랑스의 카뉴쉬르메르로 이주, 레콜레트 언덕에 집을 짓는다. 아름다운 지중해가 내려다보이는 대 저택. 뼈가 굳어져 가는 르누아르의 집에 어느 날 낯선 뮤즈가 찾아온다. 누드모델을 찾는다는 소문을 듣고 물어물어 찾아온 데데. 그녀는 르누아르가 누군지도 모르고 찾아온 것이다. 그녀의 모습은 구름 속에서 갓 걸어 나온 것처럼 아름답다. 꿈에

〈매를 가진 소녀〉

그리던 뮤즈. 붓을 쥘 수 없는 병마의 그에게 죽은 아내가 보내준 마지막 선물이라고 생각한 그는 데데에게 온통 몰입한다. 병 치료가 목적이었지만, 그는 그곳의 아름다운 풍광과 데데에게서 새로운 영감을 받아 자신이 찾고자 했던 이상향을 작품으로 옮긴다. 그래서 그의 말년 그림은 마치 유토피아를 그린 듯 더 환상적이고 몽환적인 분위기를 풍긴다는 평을 받는다.

집안에는 많은 하녀가 있다. 대부분 누드모델로 들어왔다가 르누아르의 눈에 벗어나면 떠나는 대신 집안일을 하면서 아이도 낳는다. 피카소가 수많은 여인을 영감의 주제로 선택한 것처럼 르누아르 역시 가족이란 장

〈선상파티의 오찬〉 1881

치를 걷어 낸 자리에 절대주의적 소비 욕망을 선취한 역설이 숨어 있다. 어느 날 막내아들 코코는 새로 들어온 누드모델 데데에게 말한다.

"당신도 아버지와 자게 될 거야."

위 그림 〈선상파티의 오찬〉은 르누아르 기법의 절정을 보여 준다. 화려한 선상파티에 참여한 사람들의 얼굴과 손등에 비춰지는 햇살, 테이블 위에 풍요롭게 놓여 있는 포도주병, 병풍처럼 펼쳐진 배경의 풀들 숨소리마저 부드럽다. "신이 여인을 창조하지 않았더라면 나는 화가가 되지 않았을지 모른다."며 그가 여체를 그리면 누구나 껴안고 싶도록 따뜻한 햇빛을 듬뿍 뿌렸다. 앞 페이지의 그림 속 소녀의 붉은 꽃이 달린 모자와 가난한 누드모델인 영화 속 데데의 모자를 보라. 똑같은 모자다. 일흔여덟 생을 마감할 때까지 즐거움과 행복감만을 작품 속에 투영시켰다. 문둥이 손처럼 뼈가 뭉툭하게 엉긴 손에 헝겊으로 간신히 붓을 묶어 그림을 그리던 그는 어쩌면 너무 고통스러워 그림을 그림으로써 그 고통을 뛰어넘고자 했는지도 모른다.

배우 지망생 데데는 새로 등장한 장에게 곧바로 침몰한다. 전쟁에서 다

리를 다친 장은 병가를 얻어 집으로 돌아온 것이다. 치명적인 매력으로 둘째 아들 장 르누아르(1894~1979, 영화감독)의 마음을 차지한 것이다. 아버지와 아들 그리고 데데는 분명 삼각관계는 아닌데 삼각구도는 현실이다.

렌즈는 느릿느릿 걷는다. 대부분 집안에서 명화를 배경으로 돌아간다. 주황색 물감이 묻은 붓을 물에 흔들어 투명한 물에 주황색 물감이 서서히 번지는 장면으로 데데의 매력을 이미지화시킨다. 롱샷으로는 붉은 물감으로 캔버스에 그녀의 복숭아 빛 몸을 덧칠하는 것을 잡는다. 움직이는 갤러리에 와 있는 느낌이다. 그 안에 동선으로 깔리는 사람들의 조용한 움직임은 바깥세상이 전쟁이라는 걸 전혀 눈치 채지 못하게 한다.

뮤즈는 항상 빛을 안고 온다. 인상파 화가들에게 찰라마다 명멸하는 빛의 실체야말로 섬겨야 할 우상이었다. 그가 마지막 선택한 뮤즈가 그의 차남 장의 뮤즈이기도 했다는 점에서 더욱 강력한 호기심을 불러일으키는 영화. 예술에 눈을 뜨는 르누아르 가문의 비밀스러운 이야기와 황홀한 사랑이 스크린에서 최초로 공개된 셈이다. 탐스러운 곡선이 아름다운 여신, 미의 아우라를 아낌없이 뿜어내는 데데. 그녀의 역할은 프랑스의 떠오르는 신예 크리스타 테렛이 맡아 르누아르가 사랑한 단 한 명의 뮤즈처럼 보이도록 체중을 늘리면서 역할을 완벽히 소화해 냈다.

카뉴쉬르메르는 남프랑스의 리비에라 해변에 자리한 시골 마을로 르누아르의 생가가 있는 곳이다. 칸느와 니스 사이에 위치한 이곳에는 르누아르 박물관(생가)이 있다. 도자기 화공으로 시작하여 그림 노동자로 일생을 살아낸 르누아르. 그렇게 카뉴쉬르메르에 살았던 12년간 남긴 작

품이 무려 800여 점. 〈카뉴쉬르메르에서 빨래하는 여자들〉은 고향 개울
가에서 동네 처녀들이 모여 수다 떨며 빨래하는 풍경이다. 아마 빨래를
빨아 다 널고 나면 옷을 활활 벗고 물속에 텀벙 뛰어들어 시원스레 목욕
을 했을 것이다. 그러면 그는 숨어서 〈햇빛 속의 누드〉를 그렸을 것이다.

2012년 칸영화제 '주목할 만한 시선' 폐막작! 제86회 아카데미시상식
외국어영화상 프랑스 대표작! 전 세계가 극찬한 가장 아름답고 매혹적
인 작품! 이라고 떠들어 댄 작품치고 스토리는 지루하다. 그 부족감을 채
운 매혹적인 영상미에 대해 "따뜻한 색상과 빛의 달콤함이 꿈같은 황홀
함을 전할 것이다 —Detroit News", "그 어디서도 볼 수 없었던 앞으로

〈햇빛 속의 누드〉　　　　　〈카뉴쉬르메르에서 빨래하는 여자들〉 1912, 개인소장

도 볼 수 없을 르누아르 부자의 예술 세계! —The Patriot Ledger", "마치 명작을 보는 것처럼 아름답다! —New York Post", "예술가와 뮤즈의 이야기가 절묘한 감각으로 어우러진 아름다운 작품! —Spirituality and Practice"이라고 난리다. 〈화양연화〉, 〈상실의 시대〉로 대표되는 촬영감독 리판빙! 〈8명의 여인들〉의 의상 디자이너 파스칼린 샤반네, 〈색 계〉, 〈벤자민 버튼의 시간은 거꾸로 간다〉의 음악감독 알렉상드르 데스플라가 뭉쳐 탄생한 한 폭의 명화 같은 매혹적인 아름다움에 힐링도 포함이다.

그가 좋아했던 카페, 아이들, 꽃, 그중에서도 관능적인 복숭앗빛 살결의 여자 누드로 마지막을 장식한다. "즐겁게 그림을 그려라. 마치 여자와 사랑하는 것같이 즐거운 마음으로, 그림은 언제나 평화롭고 아름다울 것이다."

훗날 아들 장 르누아르가 쓴 책 『나의 아버지 르누아르』에 따르면 르누아르는 71세 되던 1912년 의사의 권유로 휠체어에서 가까스로 일어나 몇 걸음 떼다가 "걷기 위해서는 나의 모든 힘을 써야 하기 때문에 그림 그릴 기운이 남지 않는다. 걷기와 그리기 중 하나를 택하라면 나는 그림을 그리겠다. 고통은 지나가도 아름다움은 영원하다."며 주저앉았다. 그날 이후 그는 죽을 때까지 걷지 못했다.

개봉 : 한국, 2011
장르 : 드라마
감독 : 황동혁
주연 : 공유(강인호), 정유미(서유진)

강간의 심리적 결정론
<도가니>

: SILENCED

지난 태풍에 마당의 벚나무가 쓰러졌다
은현리에 뿌리 내린 지 10년 된 벚나무였는데
큰바람 제 몸 제 뿌리로는 견디기 힘들었나 보다
그래서 나무를 다시 세워 주었는데
세워 주고 마음 다 주며 보살폈는데
나무의 몸. 몸의 가지에 껍질이 터진다
저 할복하는 것 같은 나무의 후유증을 보며
나무가 제 몸으로 쓰는 상처의 문장을 읽는다
쓰러져 본 사람은 알지
제 상처의 피에 펜을 찍어 쓰는 문장이 있다는 걸
그 문장 어떤 눈물로도 지울 수 없다는 걸

_정일근 「상처의 문장」

  그리스 로마 신화에 등장하는 제우스는 희대의 바람둥이다. 이 때문에
아내 헤라와 불화가 끊이지 않았다. 그는 여신이나 여인들을 수없이 강
간하였으며 자신의 정욕을 만족시키기 위해 뻐꾸기—백조—황소—독수리
—구름 등으로 변신하는 귀재였다.

  강간(rape)의 사전적 의미는 폭행 또는 협박 따위의 불법적인 수단으로
부녀자와 성교를 하는 행위라고 규명한다. 하지만 영화 〈도가니〉처럼 소
아를 성적 욕구의 대상으로 강간하는 것은 페도필리아(pedophillia), 즉 소
아성애증이라고 한다. 프랑스 심리학자인 도미니크 달레락은 『강간충
동』에서 강간을 통해 표출되는 강간충동을 성불능의 고뇌, 여성에 대한
공포증, 자기 어머니에 대한 무의식적 분노, 타인에 대한 증오 등으로 분
석한다. 강간을 당했을 경우 심리적 결정론의 가설처럼 과거의 경험이 현
재 삶에 지속적인 영향을 미치게 된다. 그러므로 이런 병리현상을 치유하
기 위해서는 곧바로 정신과적 치료를 받기 시작해야 한다고 조언한다.

영화를 보고 나온 내내 두통으로 머리가 욱신거렸다. 사회가 약자한테 저토록 냉담할 수 있다니…… 에드가 드가의 〈실내 강간〉이란 그림이 연상되는 〈도가니〉의 100만 관객 돌파는 사회 전반에 깔린 정의에 대한 높아진 갈망이 사회현상과 맞물려 관객들 마음에 내재된 분노의 코드를 건드린 것이다. 이는 정의와 원칙 없는 사회의 부조리에 대한 팽배한 불만이 일으킨 영화의 힘이다. 집에서 떨어진 낯선 곳 학교에서 당하는 트라우마. 말 못하는 아이들을 위해 어렵게 세상에 진실을 말하는 과정을 다룬 이 작품은 어른에게 갇힌 영혼이 세상에 던지는 충격적인 SOS다. 2000년부터 5년간 일어났던 이 사건은 참다못한 한 직원이 광주장애인성폭력상담소에 이 사실을 폭로했고, 그 기사를 본 공지영은 소설로 옮겼으며 이를 원작으로 영화는 만들어졌다.

김승옥의 『무진기행』과 마찬가지로 안개 낀 무진 시는 많은 의미를 함축하고 있다. 이때 『무진기행』과 〈도가니〉의 공통점은 무진-안개-나약한 주인공이다. 그렇지만 안개의 역할은 조금 다르다. 『무진기행』의 안개가 불합리한 현실을 잠시 감추고 이상을 보는 것이라면, 영화 속의 안개는 권력 자체로 부정과 부패라는 현실을 감춘다.

미술을 전공한 주인공 강인호(공유)는 모교 교수의 추천으로 무진에 있는 청각장애인학교 '인화학교'에 미술교사로 부임한다. 첫날부터 학원법인재단 이사장의 쌍둥이인 교장과 행정실장으로부터 학교발전기금 명목으로 5천만 원이나 요구받고 학교 분위기가 자신의 예상과는 많이 다르다는 것을 직감한다.

　무겁게 가라앉은 장애아동들과의 첫 만남은 사람을 거부하는 듯한 인
상, 원래의 자신과 단절된 듯한 인상이다. 이곳 아이들의 비정상적인 경계
는 장애가 있는 아이들이어서 마음을 쉽게 못 열어 벌어진 현상이라고.

　어느 날, 인호는 퇴근 중 학교 여자화장실에서 소녀의 괴성을 듣고 그
소리를 따라 올라간다. 하지만 문은 안으로 잠긴 채 이내 그 소리는 사
라지고 만다. 며칠 후 담임을 맡은 반 아이들의 얼굴과 몸에 난 상처를
발견하고 그렇게 만든 장본인이 선과 악을 자유자재로 넘나드는 학교
장과 행정실장, 생활지도 교사라는 것을 알게 된다. 이들은 하나같이 '지
킬 박사와 하이드'처럼 자신의 또 다른 인격이 한 행동을 전혀 기억하지
않는 해리상태에 머무는 다중인격자들이었다.

　자기반 민수(백승환)가 생활지도 교사로부터 성폭행과 심한 폭행을 당
하고, 연두(김현수)가 교장에게 성추행을 당했으며, 유리(정인서)라는 아이는

교장과 행정실장, 담임교사에게 수년간 성폭행에 시달려온 것이 알려지면서 충격의 소용돌이 속으로 빠진다. 교무실, 교장실, 심지어 자신의 집으로 유인해 성폭행을 일삼고 심지어 지도교육이란 명목 아래 돌아가는 세탁기 속에 머릴 담그는 폭력에 누구 하나 선뜻 말하지 못하는 무관심 천국이다. 인호는 무진인권센터 간사 서유진(정유미)과 함께 이에 대항하여 진실을 밝히고자 노력한다. 그러면 그럴수록 자애학원과 결탁한 교육청, 시청, 경찰서, 교회 등 무진의 기득권 세력들은 오히려 이 사건을 무마하기 위해 온갖 비열한 방법으로 방해한다.

한편 민수는 자기 남동생을 죽음에 이르게 한 사람들이 자신의 할머니와 합의로 인해 더 이상 법정에서 죄를 물을 수 없게 되었음을 알고 "내가 용서를 안 했는데 누가 용서를 해요."라며 괴성을 지르며 오열한다. 폭력과 무관심으로 똘똘 뭉친 민수는 결국 자기와 동생을 학대하던 교사의 배를 칼로 찌르고 철로에서 싸우다 달려오는 기차에 치여 죽는다. 자기희생적 복수를 자행한 것이다. 그 가난한 공간에서 효과음으로 기차 소리가 들려올 때, 양윤호 감독의 영화 〈홀리데이〉에서 마지막 순간 지강헌이 자살하며 내 뱉은 '유전무죄 무전유죄'가 떠올랐다.

영화 초반, 술이 덜 깬 유진이 시동도 걸지 않은 인호의 차로 돌진하고도 인호의 탓으로 돌리는 설정은 어딘지 어색했다. 하지만 가해자가 피해자인 양 울어 대는 화면을 보고 나서야 영화의 전체적인 스토리를 대변하는 감독의 의도된 장면이라는 생각이 들었다. 세 아역배우의 연기는 부모님 입회하에 촬영됐다지만 잔인한 장면이 많은 탓에 심리적으로 상처를 받지 않았을까 할 정도로 감탄사가 나온다. 누군가는 저 아이들의 상처를 붕대로 감아 주어야 하리라.

텐도 아라타의 동명소설을 영화한 〈붕대클럽〉이 있다. 상처 입은 마음에 붕대를 감아 줌으로써 치유가 된다는 클럽. 놀이터 그네에 앉아 이별을 통보받은 여고생에게는 그 그네에 붕대를 감아 주고, 철봉을 넘지 못하는 뚱보 소년에게는 철봉에 붕대를 감아 주고, 강간당한 중학생들에게는 그 장소에 있던 물건들을 불태워 주는 의식으로 상처와의 상징적인 장례를 치러 준다.

그 상징적 센스에 자지러질 뻔했었는데 〈도가니〉를 보다 보니 프랑스 대지미술가 크리스토 장 클로드의 붕대 감은 퐁네프 다리, 분홍 붕대로 감싼 작은 섬들이 생각난다. 그렇다. 무엇이든 상처난 것들은 우선 붕대로 감아 줘야 한다. 더 덧나기 전에 당신의 신경망에 갇혀 있는 트라우마에게도 분홍 붕대를……

그리고 실제 청각장애인들을 법정 방청객으로 출연시킨 분노하는 법정이야말로 클라이맥스였다.

「2007년 10월 교장 항소심에서 2년 6개월. 집행유예 3년 선고. 1년 실형 후 출소하여 암으로 사망. 행정실 직원 혐의 인정되나 공소시효 지나서 실형 없이 2000만 원 손해 배상. 평교사 징역 10개월 구형. 하지만 공소권만료로 실형 집행된 바 없음.」이것이 가해자들에게 처해진 솜방망이 처벌이며 문제의 학교는 교명 세탁 시도로 재활 사업 대상을 언어장애, 청각장애에서 지적장애로 넓히기 위해 정관 변경을 신청했으며 교도소에 처박혀야 할 당시 가해자들이 버젓이 출근하고 있는 것이다.

안개 낀 무진학교, 안개 낀 대한민국. 결국 〈도가니〉의 안개는 대한민국의 자화상이다. 영화가 현실을 멘토로 삼는 것이 아니라 현실이 영화를 멘토로 따르는 세상에서 인호가 아이들과 바닷가에서 뛰어놀며 이야기해 준 "세상에서 가장 아름답고 소중한 것은 귀나 눈으로 느끼는 것이 아니야. 마음으로 느끼는 거란다." (헬렌켈러)란 말이 누구의 허락도 없이 안개를 헤집고 따라 나왔다.

오래전 아침 출근길이었고, 전철에 앉아 있었다. 오른쪽 허벅지에 이물감이 느껴졌다. 복잡해서 잘못 느낀 거겠지…… 계속되는 동작에 불쾌감이 스멀스멀 커져 가고 있었다. 고개를 돌려 옆 남자를 바라보았다. 40대의 스마트한 남자다. 바바리를 벗어 무릎에 놓은 채 그 옷 사이로 오른손을 움직여 보이지 않게 내 몸을 만졌던 것이다. 정색을 하거나 소리치면 더욱 여성이 불리하다는 경직된 사고에 물들어 있던 나는 돌출행동은 해보지도 못한 채 그대로 응해 주면 더욱 안 될 것 같아 무작정 다음 정거장에서 내리고 말았다.

며칠 후 대학생인 딸이 헐레벌떡 들어와 오늘 당한 사건의 전말을 말했다. 전철로 등교 중이었다. 콩나물시루처럼 흔들리며 가고 있는데 엉덩이에 계속되는 막대기의 움직임이 포착되었다. 그 좁은 곳에서 엉덩이의 방향을 바꾸어도 집요하게 밀어대는 동작에 숨이 막힐 것 같았다. 참다 참다 정류장 문이 열리는 순간 "이 개새끼야." 소리치고는 삼십육계 줄행랑을 쳤단다. 행여나 쫓아올까 봐 젖 먹은 힘을 다해 달렸노라고. 와아~ 내 딸 용감하다. 잘했어, 아주 잘했어라고 말해 주었다. 사실은 그동안 익명의 폭행범들에게 숫하게 당해 온 나의 유독성 수치심에 대한 한풀이를 해 준 것 같아 속이 다아 시원했던 것이다. 먼 길을 돌아 딸과 나의 경험을 공유하고 목소리를 낼 수 있던 날이었다.

젊은 엄마들이여, 딸에게 태권도를 가르치세요.

 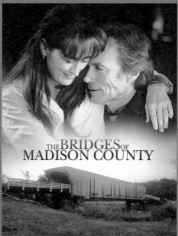

개봉 : 미국, 1995
원제 : The Bridges Of Madison County
장르 : 드라마, 멜로/로맨스
감독 : 클린트 이스트우드
출연 : 클린트 이스트우드, 메릴 스트립

흰 나방이 날갯짓할 때
<메디슨 카운티의 다리>

: The Bridges Of Madison County

이 편지가 당신 손에 제대로 들어가길 바라오
언제 당신이 이걸 받게 될지는 나도 모르겠소
내가 죽은 후 언젠가가 될 거요
나는 이제 예순다섯 살이오

그러니까 내가 당신 집 앞길에서 길을 묻기 위해
차를 세운 것이 13년 전의 바로 오늘이오

이 소포가 어떤 식으로든
당신의 생활을 혼란에 빠뜨리지 않으리라는 데
도박을 걸고 있소

이 카메라들이 카메라 가게의 중고품 진열장이나
낯선 사람의 손에 들어가는 것을 생각하는 것만으로도
참을 수가 없었소
당신이 이것들을 받을 때쯤에는 모양이 아주 형편없을 거요
하지만 달리 이걸 남길 만한 사람도 없소

이것들을 당신에게 보내는 위험을
당신으로 하여금 무릅쓰게 해서 정말 미안하오
나는 1965년에서 1975년까지 거의 길에서 살았소
당신에게 전화하거나 당신을 찾아가고픈
유혹을 없애기 위해서였소
깨어 있는 순간마다 느끼곤 하는 그 유혹을 없애려고
얻을 수 있는 모든 해외 작업을 따냈소

"빌어먹을, 난 아이오와의 윈터셋으로 가겠어
그리고 어떤 대가를 치르더라도
프란체스카를 데리고 와야겠어."라고
중얼거린 때가 여러 번 있었소
하지만 당신이 한 말을 기억하고 있고
또 당신의 감정을 존중해요
어쩌면 당신 말이 옳았는지도 모르겠소

The Bridges Of Madison County

그 무더운 금요일 아침
당신 집 앞길을 빠져나왔던 일이 내가 지금까지
한 일과 앞으로 할 일 중에서
가장 어려운 일이었다는 점만은 분명히 알고 있소
사실, 살면서 그보다 더 어려운 일을 겪은 사람이
몇 사람이나 있을지 의아스럽소

나는 마음에 먼지를 안은 채 살고 있소
내가 표현할 수 있는 말은 그정도요
당신 전에도 여자들이 몇몇 있었지만
당신을 만난 이후로는 없었소
의식적으로 금욕 생활을 하는 것은 아니고
그냥 관심이 없을 뿐이오

한번은 짝꿍을 사냥꾼의 총에 잃은 거위를 보았소
당신도 아다시피, 거위들은 평생토록 한 쌍으로 살잖소
거위는 며칠 동안 호수를 맴돌았소

내가 마지막으로 거위를 봤을 때는
갈대밭 사이에서 아직도 짝을 찾으며 헤엄치고 있었소
문학적인 면에서 약간 적나라한 유추일지 모르지만
정말이지 내 기분이랑 똑같은 것 같았소
안개 내린 아침이나 해가 북서쪽으로 기울어지는 오후에는
당신이 인생에서 어디쯤 와 있을지
내가 당신을 생각하는 순간에

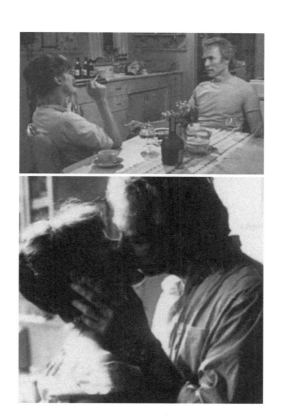

당신은 무슨 일을 하고 있을지 생각하려고 애쓴다오
뭐, 복잡할 건 없지
당신네 마당에 있거나, 현관의 그네에 앉아 있거나,
아니면 부엌의 싱크대 옆에 서 있겠지
그렇지 않소?
나는 모든 것을 기억하고 있소

The Bridges Of Madison County

당신에게 어떤 향기가 나는지
당신에게 얼마나 여름 같은 맛이 나는지도
내 살에 닿는 당신의 살갗이며
사랑을 나눌 때 당신이 속삭이는 소리

로버트 펜 워렌은
"신이 포기한 것 같은 세상"이란 구절을 사용한 적이 있소
내가 시간에 대해 느끼는 감정과
아주 가까운 표현이오
하지만 언제나 그런 식으로 살 수는 없잖소
그런 느낌이 지나치게 강해지면
나는 하이웨이와 함께 해리를 몰고
나가 며칠씩 도로를 달리곤 한다오
나 자신에게 연민을 느끼고 싶지는 않소
나는 그런 사람이 아니니까
그리고 대부분은 그런 식으로 느끼지도 않고
대신, 당신을 발견한 사실에
감사한 마음을 안고 살아가고 있소

우리는 우주의 먼지 두 조각처럼
서로에게 빛을 던졌던 것 같소
신이라고 해도 좋고, 우주 자체라고 해도 좋소
그 무엇이든 조화와 질서를 이루는 위대한 구조하에서는
지상의 시간이 무슨 의미가 있겠소
광대한 우주의 시간 속에서 보면
나흘이든 4억 광년이든 별 차이가 없을거요
그 점을 마음에 간직하고 살려고 애쓴다오

하지만 결국, 나도 사람이오
그리고 아무리 철학적인 이성을 끌어대도
매일, 매순간, 당신을 원하는 마음까지
막을 수는 없소
자비심도 없이. 시간이

당신과 함께 보낼 수 없는 시간의 통곡 소리가
내 머리 속 깊은 곳으로 흘러들고 있소
당신을 사랑하오. 깊이, 완벽하게
그리고 언제나 그럴 것이오

_로버트로부터

한 남자의 편지를 읽으며 이 영화는 출발한다. 직업 사진작가인 로버트 킨케이드(클린트 이스트우드 분)는 1965년 가을판 'National Geographic' 잡지에 실을 로즈만과 할리웰 다리의 사진을 찍기 위해 매디슨 카운티에 도착한다. 길을 잃은 그는 잘 정돈된 한 농가에서 녹색 픽업 트럭을 세우고 길을 묻는다. 남편과 두 아이가 나흘간 일리노이주의 박람회에 참가하러 떠난 후, 프란체스카 존슨(메릴 스트립 분)은 혼자 집에 있다. 그녀에게 다가온 사람은 예의 바른 이방인. 결혼한 지 15년 된 그녀에게 운명의 시간은 다가오고 그녀는 평범한 일상생활로부터의 특이한 사랑폭탄을 맞는다.

"만일 다시 한 번 저녁 식사를 하고 싶으면 '흰 나방이 날갯짓할 때' 일이 끝난 후 들리세요."

아일랜드의 노벨상 수상 시인인 예이츠의 시 「방황하는 잉거스의 노래」를 인용한 프란체스카가 로버트 킨 케이드에게 남긴 쪽지 편지다. 쭈글쭈글 늙은 그 남자의 외형에 관계없이 아낌없이 영혼을 주고받은 그녀, 그녀의 순수함이 오래도록 아름답게 전해진다. 그가 떠난 뒤로는 이곳에서의 3일간의 사랑쯤은 다 잊은 줄 알았었는데 오래된 로버트의 편지가 죄책감과 열망으로 얼룩졌던 날들의 체취를 되살려 낸다. 그동안 죽은 것도 아니면서 그렇다고 산 것도 아닌, 뭐랄까 시이소의 중간쯤 그런 상태라면 어울릴까? 그랬던 그녀가 다시금 몰래한 사랑의 기억을 되살리며 자신이 그동안 로버트의 사랑으로 연명하고 있었다는 사실을 재확인한다. 인간의 기억에는 내재적 기억(intrinsic memory)과 외현적 기억(explicit memory)이 있다. 프란체스카가 로버트 킨 케이드의 편지를 받고 그를 기억하는 것은 '나는 누구인가?' 라는 자기 정체성에 기반을 둔 외현적 기억이다. 옛 기억에 취해 이 편지를 읽고 있으면 프란체스카가 아니더라도 당신이 아니더라도 이름 모르는 그 어느 여인이라도 대개는 다음과 같은 편지를 쓰지 않을까?

당신, 라일락 꽃이 한창이요
이 향기 혼자 맡고 있노라니
왈칵, 당신 그리워지오

당신은 늘 그렇게 멀리 있소
그리워한들 당신이 알 리 없겠지만
그리운 사람 있는 것만으로도
나는 족하오

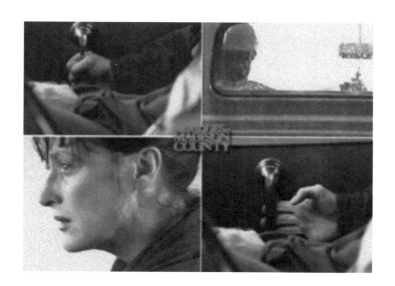

어차피 인생은
서로서로 떨어져 있는 거
떨어져 있게 마련
그리움 또한 그러한 것이려니
그리운 사람은 항상
멀리 떨어져 있는 것이런가

당신, 지금 이곳은
라일락 꽃으로 숨이 차오

_조병화 「라일락」 전문

　당신이 조금만 늦게 떠난다면 내가 좇아갈 수 있었을지도 모르는데……. 당신과 마시던 커피 냄새, 담배 연기의 그리운 곡선, 흰 나방이 날갯짓할 때 들어오던 저녁 연기 냄새, 수줍게 건네주던 그날의 풀꽃다발, 사진기에서 나는 오래된 냄새, 나무로 깎아 만든 다리의 웃음소리 냄새,

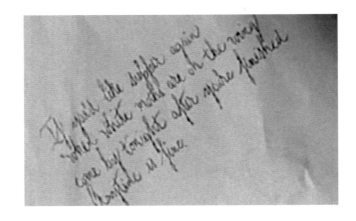

어렴풋이 풍기던 편지 속 눈물의 냄새에 나는 나를 조금 잃은 줄 알았
는데 아니었다. 모르는 사이에 전부를 잃어버리고 온몸을 적시며 흘러내
리는 빗방울에게 웃으며 말한다. 보랏빛 라일락이 사랑은 그렇게 숨이
찬 거라고.

 사랑을 잃고 양파를 까 본 당신은 알 것이다. 당신은 하나인데 그 사
람은 여럿이라고? 아니죠. 그 사람도 당신도 하나인데 프란체스카와 나
만 둘이었던 거죠. 그래요, 사랑은 이렇게 지나가는 거다. 지금도 누군가
는 메디슨 카운티의 다리를 밤마다 헤매며 부서져 내리는 별 소리를 들
을 것이며 누군가는 또 다른 섶다리를 건너며 강물 속에서 절망하지 않
는 물고기들의 노래를 들을 것이다.

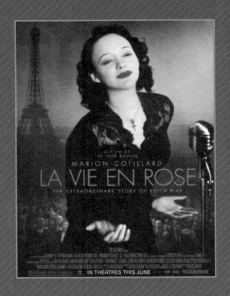

개봉 : 프랑스, 2007
원제 : LA VIE EN ROSE
장르 : 드라마
감독 : 올리비에 다한
출연 : 마리옹 꼬띠아르(에디트 피아프), 장 피에르 마틴

장밋빛 인생
<라 비 앙 로즈>

: LA VIE EN ROSE

아직은 아직은 아니라서
너 없는 세상은 벽 같아서
아직도 다 못한 나의 사랑이
가시가 되고 다시 눈물이 되고
그렇게 아파도 아파도 말도 못하고
슬퍼도 슬퍼도 울지 못하고
바보처럼 내가 멀리 있다고
한번도 찾지 못하고

천번을 지우고 지워도 아픈 이름을

가슴에 묻고 떠나 버리고

거칠은 세상 속에 가시가 되어 버린

그리움만 남아서

다시 눈물로 남고…

미움도 이젠 다 말라붙어서

버틸 힘도 없지만

제발 더 하루만 단 하루만 허락한다면

준비할 시간이 남아 있다면

말로 다 못했던 사랑이라도 한번은 갚아 줄 텐데

천번을 지우고 지워도 아픈 이름을

가슴에 묻고 떠나 버리고

거칠은 세상 속에 가시가 되어 버린

그리움만 남아서

다시 눈물로 남고…

_에디뜨 삐아프 「장미빛 인생」 노래

아웅다웅 싸우고 할퀴며 수많은 절망과 마주하는 인간. 상처로 가득 찬 그림자, 콤플렉스로 버무려진 불우한 가정환경, 언제나 부족한 재능, 사랑하는 사람과 뜻하지 않은 이별 등. 트라우마란 놈은 기억이 둔감해지지도 않는지 전혀 예상하지 못한 곳에서 불쑥불쑥 튀어나와 유독성 가스를 풍기며 괴롭히기 일쑤다.

〈라 비 앙 로즈〉는 실화다. 프랑스 샹송 가수인 에디뜨 조반나 가숑^{(에}디뜨 삐아프의 본명)의 일대기다. 1925년 프랑스. 10살, 거리의 소녀 노래가 사람들을 사로잡는다. 노래의 주인공은 바로 훗날 전 세계를 사로잡은 20세기 최고의 가수 에디트 삐아프. 거리의 가수였던 어머니에게 5살 때 버림받고 서커스 단원 아버지를 따라 방랑객이 되어 거리에서 노래를 부르며

하루하루를 연명한다. 우연히 20살 그녀 앞에 행운이 찾아온다. 에디트의 목소리에 반한 루이스 레플리의 클럽에서 '작은 참새'라는 뜻의 '삐아프'라는 예명과 함께 성공적인 데뷔 무대를 갖게 된 것. 노래는 그녀의 아픔과 상처를 달래주는 유일한 존재였다. 영혼을 두드리는 노래에 반한 사람들이 에디트에 열광하기 시작할 무렵, 그녀를 발굴한 루이스 레플리가 살해되면서 뜻밖의 시련을 겪는다. 엎친데 겹친격으로 시각을 잃어버릴 공포에 직면하자 유일한 생존수단인 노래를 못하게 될지도 모른다는 두려움, 누구와도 접촉하기 싫은 고립충동, 거식증 등이 함께 몰려온다. 이 모든 기저에는 다섯 살 때 엄마를 잃은 트라우마가 남긴 서러운 애착이 고여 있다. 무엇이든 혼자 견딜 수밖에 없는 그녀에게 이 세상에 혼자라는 공포감은 신체적 무기력증까지 덤으로 선물한 것이다.

　하지만 시련도 잠시, 프랑스 최고의 시인 레이몽 아소에게 발탁된 에디트는 그의 시를 노래로 부르며 단숨에 명성을 얻고, 프랑스인들은 그녀의 작은 체구에서 뿜어져 나오는 폭발적인 가창력, 열정적인 무대에 열광한다. 그녀의 불우한 유년기를 따라나서다 보면 갑작스러운 성공과 절망을 만나고, 우여곡절 끝에 미국에서 만난 단 한 번의 진정한 사랑 세계 미들급 권투 챔피언 마르셀 세르당과 운명적 사랑에 빠진다. 어느 날 에디트는 프랑스에 있던 막셀에게 뉴욕에 있는 자신에게 날아와 줄 것을 부탁한다. 하지만 다음 날 대서양을 건너오던 비행기가 폭발된다. 사고로 그를 잃고 약물과 알콜에 의지한 채 절망에 매몰된다. 갑자기 47세 노인이 되어 생을 마감한다.

사랑들을 쓸어 버렸고
그 사랑들의 모든 전율도 쓸어 버렸어요
(…)
아니예요, 그 무엇도 아무것도
아니예요, 난 아무것도 후회하지 않아요
사람들이 내게 줬던 행복이건 불행이건 간에
그건 이제 모두 나와 상관 없어요
(…)
나의 추억들로 난 불을 밝혔었죠
나의 슬픔들, 나의 기쁨들
이젠 더 이상 그것들이 필요치 않아요

LA VIE EN ROSE

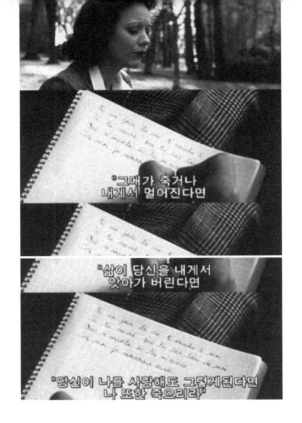

"그대가 죽거나
내게서 멀어진다면"

"삶이 당신을 내게서
앗아가 버린다면"

"당신이 나를 사랑해도 그렇게된다면
나 또한 죽으리라"

영화의 마지막을 장식한 곡이 바로 「아니, 난 후회하지 않아」다. 이 노래를 들으면 해변에서 굽은 어깨로 비틀거리며 간신히 인터뷰할 때 "핏빛을 장밋빛이라고 부를 수 있는 것은 인생을 치열하게 살아낸 자만이 가질 수 있는 특권"이니 비극과 이별에도 "사랑하세요."라며 웃던 그녀의 성공적인 방어기전이 기억에 남는다.

감정을 마비시키기 위해 담담하게 따라가다 보니 아쉽게도 우리들이 잘 아는 이브 몽땅과 장 콕도와의 화려했던 연애사, 나치 시대의 활동기 등은 영화 속에 없다. 그러나 무미건조해진 당신을 사랑의 유한성, 인생의 유한성에 몰입하게 만든 수작 중의 수작이 아닐까 싶다.

개봉 : 미국, 1962
원제 : Phaedra
장르 : 드라마
감독 : 줄스 데이신
출연 : 안소니 퍼킨스와 멜리나 메르꾸리

세기의 팜므파탈
<페드라>

: Phaedra

그대 보내고 멀리
가을 새와 작별하듯
그대 떠나보내고
돌아와 술잔 앞에 앉으면
눈물 나누나

그대 보내고 아주
지는 별빛 바라볼 때
눈에 흘러내리는
못 다한 말들 그 아픈 사랑
지울 수 있을까?

어느 하루 비라도 추억처럼
흩날리는 거리에서
쓸쓸한 사람 되어
고개 숙이면 그대 목소리
너무 아픈 사랑은 사랑이 아니었음을

어느 하루 바람이
젖은 어깨 스치며 지나가고
내 지친 시간들이
창에 어리면 그대 미워져
너무 아픈 사랑은
사랑이 아니었음을

이제 우리 다시는 사랑으로
세상에 오지 말기
그립던 말들도 묻어 버리기
못다 한 사랑!
너무 아픈 사랑은 사랑이 아니었음을
너무 아픈 사랑은 사랑이 아니었음을

_김광석 「너무 아픈 사랑은 사랑이 아니었음을」 노래

알렉산드르 카바넬 〈페드라〉 1880

페드라 증후군은 아버지의 부재에서 출발하는 비극이다. 줄스 데이신 감독의 미국 영화 〈페드라〉(1962)는 그리스의 근친상간 신화소가 모티브다. 그리스의 선박왕 타노스(라프 밸론 분)가 출장으로 집을 비운 사이, 새엄마 페드라(멜리나 메르쿠리 분)가 전실 아들 알렉시스(앤서니 퍼킨스 분)에게 사랑을 고백한다. 환질법으로 이 사랑을 설명해도 계모와 아들 사이의 금기는 찰떡처럼 손을 잡는다.

하지만 그 내용은 신화와는 사뭇 다르다. 신화 속 '페드라'는 그리스 신화에 등장하는 영웅 테세우스의 두 번째 부인이다. 테세우스의 아들 히플리토스와 페이드라는 사랑에 빠졌고 둘은 비극적인 죽음을 맞이한다. 영화와 신화의 차이는 신화에선 히플리토스가 페드라를 사랑하지 않지만 영화에선 둘이 사랑하도록 재해석된다.

그리스 해운업계의 거물 타노스⁽ᵗᵉˢᵉ⁾는 상처하자 같은 업계 실력자의 딸 페드라⁽ᵖᵃⁱᵈ⁾를 후처로 맞이한다. 전처 소생 알렉시스⁽ʰⁱᵖᵖ⁾는 아버지의 재혼에 불만을 품고 런던으로 유학을 떠나 버린다. 페드라는 남편으로부터 상황을 전해 듣고 의붓아들 알렉시스의 마음을 돌려놓기 위해 런던으로 날아간다. 런던에서 만난 순간 첫눈에 사랑에 빠져 버린다. 가이아의 대지가 우라노스의 페니스를 받아들인 것이다. 화염이 된 두 사람이 돌아온다. 타노스는 아무것도 눈치 채지 못한 채 화해 기념으로 아들에게 멋들어진 고급 스포츠카를 사 준다. 틈만 나면 몰래 금단의 사랑을 즐기던 그들은 곧 들통이 나고 만다. 아버지가 아들 알렉시스를 엘시라는 규수와 결혼을 시키려고 하자 페드라의 질투심이 폭발한 것이다. 그녀는 복수심에 불타 남편에게 런던에서 있었던 일을 자신에게 유리하게 털어놓는다.

　분노한 타노스는 아들을 무참하게 폭행하고 집에서 내쫓는다. 온몸

이 피투성이가 되어 집에서 도망쳐 나온 알렉시스는 페드라를 저주하며 스포츠카에 오른다. 그는 자동차 안에 바하의 음악인 '토카타와 푸가 D장조'를 크게 틀어 놓고 해안 절벽에 난 도로를 질주하다가 달려오는 큰 트럭과 충돌하면서 절벽으로 떨어진다. 난간을 뚫고 에게 해의 절벽으로 추락하며 "페드라!"를 절규하는 순간 크게 울려 퍼지는 바하의 음악은 알렉시스의 트라우마를 그대로 담아냈다. 타노스가 알렉시스에게 사 준 그 스포츠카는 시대의 인습과 금기를 뚫고 튀쳐 나간 지상에서 가장 멋진 관이었던 셈이다.

이 비극을 웅혼하게 만드는 것은 음악이 힘이다. 조수미의 노래로도 잘 알려진 「기차는 8시에 떠나네」를 작곡했고, 안소니 퀸이 주연을 맡은 〈희랍인 조르바〉의 영화음악으로 유명한 미키스 테오도라키스는 바하의 음악에 비극적 오마주를 잘 버무렸다.

영화 〈페드라〉의 특징은 불륜으로 인한 등장인물들이 겪는 심리적 파장을 묘사하는 방식에 있다. 페드라는 남편의 손길을 거부하고 알렉시스의 이름만 부르며 유모 앞에서도 "몸이 아프다. 죽고 싶다."를 연발하며 육체의 배고픔만을 호소하지만 여성의 원초적 욕망을 가감없이 드러낸 것에는 그러나 박수를 보낸다.

금기를 깨부순 피비린내 나는 이 신화를 가장 먼저 사용한 건 기원전 5C 그리스의 에우리피데스였다. 그는 희곡 『히폴리투스』에서 의붓아들에게 사랑을 거절당한 페드라가 반대로 히폴리투스가 자기를 겁탈하려 했

다는 내용의 편지를 남기고 목매달아 죽는다. 히폴리투스는 유모를 통
해 페드라의 사랑을 전달받지만 "테세우스가 출타 중이신 동안 나는 집
을 떠나 있을 것이며 발설하지 않을 것이오."라며 유혹을 정중히 거절한
다. 이 맹세 때문에 히폴리투스는 아버지 테세우스의 추궁에도 페드라가
자신을 유혹했다는 진실을 말하지도 못한 채 쫓겨나 굴곡진 해안을 따
라 전차를 몰고 가다 바다 신 포세이돈이 보낸 파도에 놀라서 말들이 질
주하는 바람에 부서지는 전차에서 굴러떨어져 끝내 숨을 거둔다.

　폭군 네로의 스승인 로마 철학자인 세네카(Seneca, 기원전 4C)도 희곡 『페
드라』를 남겼다.
　세네카의 희곡에서 페드라는 직접 흉계를 꾸미고 귀국한 테세우스 앞
에서 의붓아들을 모함한다. 등장인물들의 명대사를 보며 흥미진진을 마
무리하자.

—유모가 페드라에게 :
"신은 청년의 머리에 쾌락의 관을 씌우고, 노인의 머리에는 수행이라는
관을 씌운다. 당신은 어찌하여 진리를 억압하여 자연의 순리를 거역
하는가."

—히폴리투스 :
"덕 있는 이는 재물에 대한 욕심도, 뜬구름 같은 명예욕도,
덧없는 권력도, 유해한 이간질도, 머리 아픈 망상도 알지 못한다."

알마 타데마 경 〈이폴리트의 죽음〉 1860

알렉시스는 연상의 페드라에게서 그리운 어머니와 자신의 내면에 움츠리고 있던 아니마를 본 것이다. 아니마 속 그 부드러운 여성성이 자신을 이토록 처참하게 파멸시키는 도구가 될 줄을 꿈에나 알았을까?

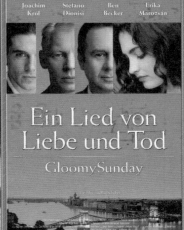

개봉 : 독일, 1999
원제 : Gloomy Sunday
장르 : 드라마, 멜로/로맨스
감독 : 롤프 슈벨
출연 : 에리카 마로잔(일로나), 조아킴 크롤(자보), 스테파노 디오니시(안드라스)

당신을 잃느니 반쪽이라도 갖겠소
<글루미 썬데이>

: Gloomy Sunday

우울한 일요일
내 시간은 헛되이 떠도네
가장 사랑스러운 것은 그림자들
헤일 수 없이 수많은 하얀 꽃들과 함께 내가 머무네
검은 슬픔의 벤치가 당신을 데려갈 때까지
결코 그대를 깨우지 않으리
천사는 다시 그대를 돌려주지 않을 거야
내가 당신 곁에 머문다면 천사는 분노할까?
우울한 일요일
내가 흘려보낸 그림자들과 함께
내 마음은 모든 것을 끝내려 하네
곧 촛불과 기도가 다가올 거야
그러나 아무도 눈물 흘리지 않기를
나는 기쁘게 떠나간다네
죽음은 꿈이 아니리
죽음 안에서 나는 당신에게 소홀하지 않네

내 영혼의 마지막 호흡으로 당신을 축복하리
우울한 일요일

꿈꿀 뿐, 나는 깨어나 잠든 당신을 보는 꿈을 꿀 뿐
내 마음 깊은 곳에서 나는 소망하네
내 꿈이 당신을 유혹하지 않기를
내 마음이 속삭이네
내가 당신을 얼마나 간절히 갈망하는지

_레조 세레스 「어두운 일요일」 작곡

도나우 강 〈세체니 다리〉

주인공 자보는 말하죠. "이 노래가 사람들을 떠나게 하는 게 아니라 그 사람들이 떠나는 길을 행복하게 해 준다."고 어쩌면 그럴지도 모르죠. 전쟁의 암울한 시기에 자살을 하는 사람들이 마지막을 함께했던 유일한 노래니까요. 일상과 무의식의 경계를 허무는 1930년대 말 부다페스트를 생각하면 저절로 떠오르는 영화! 이 폴리 아모리 영화를 처음 보았을 때 오호라, 여인도 두 남자와 동시에 사랑을 할 수 있구나였다. 신통방통했다.

Gloomy Sunday

몇 년 전 도나우 강에 놓인 세체니 다리에 저 세 사람과 함께 서 있을 때 바람결인 듯 비련의 노래 「어두운 일요일」이 들려왔다. 부다페스트의 우울한 불빛을 긁어내리며 그 노래가 말한다. 당신이 만약 이 노래를 듣는다면 당신은 선택해야 한다고. 생의 전부를 건 사랑이던지 아니면 죽음이던지. 그래서일까? 이 다리에서 목숨을 버릴 때 하나같이 이 노래를 들으며 풍덩 했다는 사실이 참으로 경이롭기만 하다. 영화보다 더 영화처럼 살았던 한 여인과 그 매혹을 사랑한 두 남자의 드라마틱한 길을 따라가 보자.

2차 세계대전 전, 무대는 헝가리 부다페스트의 한 고급 레스토랑. 피아니스트를 면접 보던 날 안드라스가 이 곡을 처음 연주한다. 종업원인 일로나는 안드라스와 마법 같은 사랑에 빠진다. 이곳은 자보와 그의 연인 일로나 그리고 젊은 피아니스트 안드라스가 우연을 가장한 채 함께 사는 공간이다.

새로 나타난 젊은 남자 안드라스와 일로나가 하루를 보내고 들어와
도 지금까지 만족하며 지켜왔던 자신의 사랑을 잃고 싶지 않아 억지로
태연한 척한다. "당신을 잃느니 반이라도 갖겠어." 라고 말하는 자보. 그
의 사랑을 올곧은 사랑이라고 말할 수 있을까? 시선에 따라 다르겠지만
나는 오히려 버림받을 것이 두려워 가시에 찔릴 자신의 상처를 마다하고
그녀의 다른 사랑까지도 껴안는 사랑의 진화를 본다.

예로부터 우리나라는 남성우월주의 사회였다. 옴므파탈인 한 남자를
여러 여자가 공유하는 것이 당연시되었다. 그와는 반대로 이 작품은 팜
므파탈인 한 여자를 두 남자가 공유한다. 이런 구조는 옴므파탈 남자에
게 고착화된 우리 정서에서는 좀 불편하지만 한편으로는 한없이 부럽고
부러워 저들과 한통속이 되고 싶다. 아직도 나에겐 낯선 풍경이지만.

　　짙은 보라색 꽃을 좋아하는 여자
　　푸른색 원피스를 즐겨 입는 여자
　　무표정이 매력적인 여자
　　한 번 보면 누구나 빠지는 여자
　　레스토랑에서 종업원으로 일하며 주인 자보를 사랑하며
　　평온하게 살아가는 여자
　　누구의 마음도 사로잡고 마는 팜므파탈형 여자
　　자보와 안드라스가 함께 사랑한 여자
　　이국의 한 여인을 부러움에 떨게 했던 여자!

어느 날 레스토랑에 고용된 안드라스의 강렬한 눈빛과 그의 뜨거운 피
아노 선율에 뿅 가 버린 여자가 말한다.

"우리 중에 하나가 죽으면 우리 셋이 다 함께 죽는 거예요."

　신비로운 눈빛에서 마성의 선율을 실타래처럼 쏟아내는 피아니스트 안
드라스. 그는 "내가 그때 이 레스토랑에 오지 않았다면?" 하고 자신의
선택에 대한 자책을 강박적으로 했을까? 반쪽 사랑인 그녀의 생일날 자
작곡을 선물하여 이로나를 감동시키면서도 혹 자책 모드는 가동됐을까?

　　그곳은 어떤가요 얼마나 적막하나요
　　저녁이면 여전히 노을이 지고
　　숲으로 가는 새들의 노랫소리 들리나요
　　차마 부치지 못한 편지 당신이 받아 볼 수 있나요
　　하지 못한 고백 전할 수 있나요
　　시간은 흐르고 장미는 시들까요

　　이제 작별을 할 시간
　　머물고 가는 바람처럼 그림자처럼

나는 타인이다

210

오지 않던 약속도 끝내 비밀이었던 사랑도
서러운 내 발목에 입 맞추는 풀잎 하나
나를 따라온 작은 발자국에게도
작별을 할 시간

이제 어둠이 오면 다시 촛불이 켜질까요
나는 기도합니다
아무도 눈물은 흘리지 않기를
내가 얼마나 간절히 사랑했는지 당신이 알아주기를
여름 한낮의 그 오랜 기다림
아버지의 얼굴 같은 오래된 골목
수줍어 돌아앉은 외로운 들국화까지도 내가 얼마나 사랑했는지
당신의 작은 노랫소리에 얼마나 가슴 뛰었는지

나는 당신을 축복합니다
검은 강물을 건너기 전에 내 영혼의 마지막 숨을 다해
나는 꿈꾸기 시작합니다

어느 햇빛 맑은 아침 깨어나 부신 눈으로
머리맡에 선 당신을 만날 수 있기를

_영화 〈시〉에서

　　2000년 한국에서 개봉한 이 작품은 바르코프의 소설 『우울한 일요일
의 노래』(1988)가 원작이다. 일과 헝가리의 합작영화인 〈글루미 선데이〉에
는 여자 주인공 일로나(마로잔), 남자 주인공에는 디오니시(안드라스), 크롤

^(자보)이 출연한다. '우울한 일요일'을 뜻하는 「글루미 선데이」는 1933
년 헝가리에서 발표된 노래로, 전 세계에서 수백 명을 자살하게 함으로써
'자살의 찬가', '자살의 송가'로 더 유명하다. 세계 유명 뮤지션들이 열
창한 이 노래는 레조 셸레스가 사랑했던 연인 헬렌으로부터 배신을 당한
직후 작곡한 곡이다.

영화의 모든 여백은 피아노 Gloomy Sunday, 오케스트라 Gloomy
Sunday, 이로나의 노래 Gloomy Sunday가 가스등처럼 자체 발광한다.
레조 셸레스 역시 1968년 겨울, 이 노래를 틀어 놓고 고층빌딩에서 몸을
날려 자살한다. 예술의 힘이란 어디까지인지.

아무렴, 한 사람의 기억으로 당신이 뚱뚱해질 때가 있고 한 사람의 기
억으로 당신이 왕갈비가 될 때가 있지. 그렇고 말구.

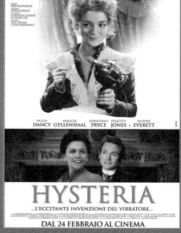

개봉 : 영국, 2012
원제 : Hysteria
장르 : 코미디, 멜로/로맨스
감독 : 타니아 웩슬러
출연 : 매기 질렌헬(샬롯 댈림플), 휴 댄시(닥터 모티머 그랜빌)

자궁 속의 물고기
<히스테리아>

: Hysteria

　영국 상류사회. 히스테리아(Hysteria)가 만연하던 19세기 빅토리아 시대 런던. 노의사 달림풀은 우울증과 폭력을 동반하는 '히스테리아'라는 만성 정신질환 전문의다. 여자들의 은밀한 곳을 온욕과 냉욕, 물대포와 손으로 직접 마사지해 주며 명의라는 칭송을 받는다. 환자가 넘쳐나고 힘이 달리자 그는 그랜빌을 고용한다. 훈남 의사 그랜빌이 현란한 손동작인 펠빅 마사지로 명성을 얻을 즈음 끊임없는 환자의 물결 속에 급기야 손목마비 증상이 오자 병원에서 쫓겨난다. 이 난관을 극복하기 위해 고심하던 중 발명가이며 친구인 에드몬드가 만든 전동먼지떨이를 보고 환자가 만족할 때까지 움직여 주는 바이브레이터를 발명하게 된다. 그는 다시 달림풀 병원에 들어갔고, 바이브레이터로 막힌 곳을 팡팡 터트려 준다는 소문을 듣고 병원은 다시 장사진이다.

Hysteria(신경질)는 히포크라테스 시대부터 자궁의 기능이 잘못되어 생기는 질환으로 분류되었다. 신경중의 한 형태로, 기질적인 것이 아니라 기능적인 질병이다. 이 질환은 심인성으로, 외부의 사정이나 자극에 대한 반응으로 정신적 또는 신체적인 반응이 일어나는 것이다. 어원은 '자궁'을 뜻하는 그리스어 Hystera에서 왔으며 자궁절제술(Hysterectomy)도 여기서 기인했다. 여성 질환인 성적 불만족이 그 이유로 여겨져 왔는데, 의사들은 증상을 완화시키기 위해서 회음부를 마사지하여 오르가슴(Hysterical

paroxysm)을 유도했다.

여성을 동등한 시선으로 보지 않던 그 당시, 성욕이란 완전 인격체인 남성들의 전유물로만 여겼다. 남성의 부속물로 존재하던 여성들에게 성적인 욕구는 물론 오르가슴은 가당치도 않았다. 실화를 베낀 이 작품은 성욕을 풀지 못해 힘들어하는 여자, 남편과의 섹스가 싫은 여자들에게 만족을 주는 치료법이었다. 의사가 여성의 질 안에 손을 넣어 성기를 몇 십 분 또는 몇 시간에 걸쳐 마사지한다. 성기에 너무 습기가 차서 발생하는 병이라고 간주한 히스테리아는 여성이 호르몬을 방출하면 성공적인 치료라고 인정했다. 그래서 12초의 희열인 오르가슴을 맛보기 위해 그녀들은 의사의 얼굴을 마주 본 채 괴성을 쏟아 냈다. 돈으로 오르가슴을 산 것이다. 그러나 이런 '직접 치료법'인 중노동에 시달리던 의사들은 그랜빌처럼 오죽하면 생선 한 마리도 들지 못하고 손을 덜덜 떠는 손목 통증을 호소했을까. 세상에나, 여성의 성기를 문질러 오르가슴에 도달하게 하는 변태 매춘업 행위가 버젓이 당대 최고의 진료법으로 각광받았다니 과연 선진국다운 면모다.

정숙을 강요받던 시대의 여성들은 부부간의 섹스도 남편이 먼저 청해야 이루어졌기 때문에 신경증인 히스테리를 넘어 환청이나 환각 등을 겪는 일이 대다수였다. 히스테리 증상에는 자기현시성 즉 관심을 끌기 위해 자기중심적인 신경질로 주변에 폐를 끼치는 특성이 있다. 더욱이 치료를 목적으로 생자궁을 적출했다는 것은 으음~ 여성을 자신의 애완동물로 보는 주인(남자)들의 범죄행위였다. 이처럼 스스로 성적쾌락결정권을 사용하는 여성이 바이브레이터를 선택한다는 것은 여성해방운동의 시발점이 되었을 것이다. 드라마 〈섹스 앤 더 시티〉에서 샬롯이 토끼 모양 바이브레

〈욕망의 여인〉

이터를 자발적 선택으로 자유롭게 사용하던 것, 생각나시죠?

이 영화 후반부 법정이다. 주인공 여성이 히스테리가 심하다고 검사가 '자궁축출술'을 집행해 달라고 판사에게 요청한다.

ㅡ질렌헬 : "여자도 남자 못지않게 육체적 쾌락을 즐길 수 있어야 해요. 물론 이것이 꿈같은 이야기지만요."

ㅡ그랜빌 : "지금 히스테리아 치료는 쾌락과는 무관해요. 신경계통을 자극하는 그저 그런 치료행위일 뿐이에요."

ㅡ질렌헬 : "당신 치료의 요점인 히스테리는 불면증에 치통까지 총망라지요. 이 병원은 마치 불만족한 여성들을 모아 놓은 보관함 같아요. 여성들은 가정의 허드렛일에 자신의 일생을 투자하도록 강요받지요. 더욱이 성관계에서 고상한 척하고, 이기적인 남편들은 적절하고 올바른 성관계를 절대 맺지 않아요."

남성의 종으로 살지 않고 자신의 목소리를 내는 여성들은 모두 히스테리아, 마녀로 분류했다. 남자들이 규정해 놓은 판타지 속에서 뛰쳐나와 구제사업을 하고 있는 노의사의 큰딸인 매기 질렌헬을 히스테리아로 처벌하려는 법정 풍경은 살벌하다. "폭력적으로 날뛰는 히스테리아 여성의 자궁을 적출할 것을 권고합니다." 현대판 마녀사냥이다. 이때 훈남 의사 그랜빌은 양심선언을 한다. "히스테리아는 날조된 병입니다. 이기적이고 자존심 센 남편과 사랑을 나눌 때 신통치 않아서 생긴 병입니다."

　그 후 어떻게 되었느냐구요? 온순 복종형인 작은 딸과의 약혼을 깨고 큰딸 매기 질렌헬과 지금 뜨거운 눈빛 교환하고 있는 장면 보이시죠?

　갑자기 여성 성기를 소재로 한 연극 〈버자이너 모놀로그〉를 보던 날이 생각난다. 과연 관객이 올까? 관객은 어떤 사람들일까? 그곳에서 아는

그건 지나치게 활동적인
자궁 때문이요.

남자를 만나면?

벌써 초연한 지 15년이 되어 간다. 이 연극은 누구나 섹스에 대해 말하는 것이 건강하다는 것을 알려 준다. 성적 취향, 호기심, 부끄러움, 두려움과 무력감, 상처 등 차마 말하기 어려운 것까지 말이다. 병을 부르는 과도한 성적 억압을 해소하려면 밝은 육체의 행복한 커뮤니케이션을 자주 사용해야 한다던 당당하던 그녀들이 떠오른다.

나는 인간의 모든 근원과 존재 자체를 상징하는 문이야
나는 인간의 사랑을 확인해 주는 성스러운 장소이고
그 사랑의 정점인 육체적 환희를 선물해 주는 열쇠야
나는 아홉 달 동안 아기를 지켜 주는 튼튼한 파수꾼이고
그리고
그 커다란 아기가 나올 때 내 모든 것을 희생해

_연극 〈버자이너 모놀로그〉 중에서

개봉 : 미국, 1997
원제 : Seven Years in Tibet
장르 : 드라마, 전쟁
감독 : 장자끄 아노
출연 : 브래드 피트, 데이빗 튤리스

고통과 지복의 만돌라
⟨티벳에서의 7년⟩

: Seven Years in Tibet

하인리히 하러(1912~2006)는 오스트리아의 등반가다. 영화 ⟨티벳에서의 7년⟩에 나오는 하러(브레드 피트)는 실존 인물로서 지금의 달라이 라마인 어린 쿤둔의 가정교사로서 겪는 이야기다.

아이거 북벽 등정으로 세계적인 명성을 얻게 된 하러는 1939년 독일 히말라야 탐험대의 낭가 파르밧 등정에 참여하게 된다. 성격이 강한 하러는 원정대장인 페터와 화합하지 못한 채 눈보라의 기상 악화로 낭가 파르밧 대신 디아미르 벽을 통해 정상에 오르는 새로운 루트를 발견한다. 등반을 마치고 돌아오다 제2차 세계대전의 발발로 영국군 포로가 된다. 그는 네팔 포로수용소 생활 2년째 아내는 이혼을 통보하고, 그는 얼굴도 모르는 아들을 그리워한다. 4번이나 탈출을 시도하다 실패한 뒤 변장으로 5번째 탈출한다. 홀로 티벳을 넘어 인도를 거쳐 귀환하는 2,000Km의 험난한 여정을 21개월 동안 걸어간다.

페터와 다시 만난 그는 죽을 고비를 넘기며 라싸에 도착한다. 1946년부터 1951년까지 7년을 티벳에서 머무른 그는 당시 13세이던 달라이 라마에게 서구 문명을 가르치며 인연을 맺었고, 달라이 라마의 숭고한 정신을 배우게 된다. 1953년에는 그의 경험담을 기록한 책『티벳에서의 7년』을 출간해 작가로서 다시 세계적인 명성을 쌓았다.

  하루는 하러가 여성 재단사 앞에서 라싸에 오기 전 올림픽 메달을 따는 것을 실은 신문을 꺼내 보여 준다. 그것을 본 그녀가 "이걸 보면 당신의 나라 오스트리아와 내 나라 티벳의 인식이 얼마나 다른지를 알 수 있어요. 당신들은 어떠한 경로로라도 자신의 욕망을 실현하여 최고의 위치에 오르는 사람을 존경하지만 우리들은 그러한 자신의 에고를 버리는 사람을 존경합니다." 라고 말하는 장면에서는 잠시 말문이 막힌다.
  철학자 레비나스는 "타인은 무한하다." 라고 말하죠. 아무런 고정관념 없이 타인을 바라보는 사람만이 진정한 인격자다. 타인을 무한하게 바라볼 수 있는 사람은 자신이 이미 무한한 사람이기 때문이다. 불경에서는 타인이 나고 내가 타인이라고 가르친다. 명상과 기도를 하는 이유는 무엇일까요? 자아(Ego)를 없애기 위해서이다. 나와 남의 경계를 잘 지우는

사람만이, 내면을 깨끗이 비우는 사람만이, 신성에 가까이 갈 수 있으니까요.

이 대목에서 레비스트로스가 다가오는군요. 브라질 원주민과 생활했던 것을 집필한 『슬픈 열대』에서 "그들의 삶은 우리의 삶과 다른 모습일 뿐 그 차이를 우열의 척도로 삼을 수 없다."고 말한 것이 기억난다. 행복지수가 가장 높은 나라가 불교국인 '부탄'이다. 문명의 척도로 행복지수를 가름하라면 당연히 선진국이어야 할 텐데 말이죠. 요즘은 오히려 문명국들은 웰빙, 슬로우 라이프, 자연주의를 부르짖으며 동양의 정신주의를 숭배한다. "티벳인들은 그들의 적이 위대한 스승이라고 말한다. 그들에게서 인내와 연민을 배우기 때문이다."라며 하러가 나레이션한다.

죽음에 집중해 있던 한 시절에 만난 책 『티벳 사자의 서』. 아픈 역사를 증언하는 영화 〈티벳에서의 7년〉을 보면서 티벳 여행을 꿈꿨다. 드디어

2002년 라싸에 첫발을 디뎠다. 그 감격을 무어라 표현할까. 차를 타고 여기저기 달리다 보면 칭짱열차 공사가 한창이다. 늦었지만 나는 기차가 개통되기 전에 티벳에 온 것이 무척 다행스러웠다.

〈티벳에서의 7년〉에서 하러가 소년 달라이 라마를 만나기 위해 올랐던 수많은 포탈라 궁의 돌과 나무계단을 밟는다. 밖이든 안이든 계단은 좁고 미끄럽고 가팔랐다. 어둡고 미끄럽고 가파른 계단을 오르며 깨달은 것은 낯선 환경에 적응하기 위해서나, 한 가지의 새로움을 얻기 위해서는 응당 고통의 댓가를 지불해야 한다는 점이었다. 달라이 라마가 사용했던 접견실과 개인 명상실, 침실을 지난다. 세속의 어둠은 소년 달라이라마가 세상을 내려다보았던 테라스의 햇살이 나타나자 흔적도 없이 사라진다.

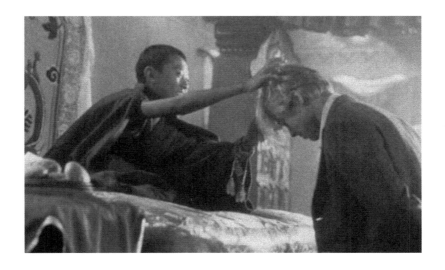

Seven Years in Tibet

누군가를 만날 때마다
언제나 나 자신을 가장 미천한 사람으로 여기고
내 마음 깊은 곳에서
상대방을 최고의 존재로 여기게 하소서

나쁜 성격을 갖고 죄와 고통에 억눌린 자를 볼 때면
마치 귀한 보석을 발견한 것처럼
그들을 귀하게 여기게 하소서

다른 사람이 시기심으로 나를 욕하고 비난해도
나를 기쁜 마음으로 져주게 하고
승리는 그들에게 주소서

내가 큰 희망을 갖고 도와준 사람이
나를 심하게 해칠 때
그를 최고의 스승으로 여기게 하소서

그리고 나로 하여금
직접 또는 간접적으로
모든 존재에게 도움과 행복을 줄 수 있게 하소서
남들이 알지 못하게 모든 존재의 불편함과 고통을
나로 하여금 떠맡게 하소서

_달라이 라마 「기도」

숨 쉴 때마다 찾아오는 격렬한 두통만이 유일하게 나의 현존을 확인시
킨다. 불단에는 행운을 갖다 준다는 흰 스카프가 여래의 머리 위에서부
터 발끝까지 치렁치렁 내려져 있다. 법당 곳곳에서는 무릎을 꿇고 두 손
으로는 불상의 발을 만지고 이마로는 불상의 옷을 비비며 기도하는 사
람들로 붐빈다. 얼마나 많은 기원이 지나갔으면 흐르지 않는 중심이 저
리도 반짝반짝 세월의 훈장을 달고 있을까. 쉼 없이 목숨이 지나간 자리,
쉼 없이 꽃들이 지나간 자리, 당신이 지나간 자리, 인연의 냄새가 옷깃을
스친다. 이렇듯 촉감은 신성을 느끼는 중요한 감각 중의 하나다. 티벳
사람들은 아주 오랫동안 오욕칠정을 다스리는 기술을 발전시켜 왔다.
유럽과 다른 세계가 외부의 적과 싸우며 밖으로 탐험할 때 그들은 내부
의 적과 싸우며 안으로 안으로 더 깊이 탐험해 왔다. 인도에서 발달한 교
리와 밀교수행의 최종단계를 계승한 티벳 불교는 인도 불교가 멸망한 뒤

하러 추모식에서 달라이 라마

에도 발전을 거듭하여 오늘에 이르고 있다. 티벳 대장경은 역시 엄청난 티벳 불교의 유적과 미술품 그리고 음악이 어우러져 인류 최대 문화유산 가운데 보고로 꼽히고 있다.

내가 불단에 시간의 꽃과 향을 바치고 일어서자 한쪽에서 경을 읽고 있던 젊은 스님이 다가온다. 다정한 눈빛이다. 희고 긴 스카프를 펴서 내 목에 걸어준다. 다시 가서 금과 터키석과 산호로 비천상을 장식한 성수병을 갖고 온다. 나는 전통적인 자세 즉 무릎을 꿇고 상체를 세운 자세로 성수를 받기 위해 모았던 두 손을 연꽃처럼 벌렸다. 그는 축복을 기원하는 기도문을 외며 엄숙하게 병을 기울였다. 손바닥 오목한 호수에 몇 방울의 성수가 고인다. 허리를 굽혀 성수를 마시고 손바닥에 남은 물기를 머리에 펴 바른다. 라마승의 축복을 받은 티벳탄의 세례식이다. 그때의 모든 경험을 녹여 여행기인 『따시델렉 티베트』를 펴냈다.

 하러는 1989년 노벨상을 탄 달라이 라마와 평생 우정을 이어갔고 그
의 장례식에 도착한 달라이 라마는 옛정을 생각하며 추모의 기도를 올렸
다. 태어나서 죽음에 이르는 긴 여정을 누가 여행이 아니라고 말하겠는
가? 인생은 여행이다. 신비로운 여행이다. 되돌아갈 수 없는 여행, 연습해
볼 수 없는 단 한 번의 여행이다. 그렇다면 인생에서 가장 위대하고 아름
다운 여행은 무엇일까? 백 년 전, 또는 백 년 후로 당신을 안내하는 여행
(영화)을 통해 끄덕끄덕 자신을 긍정하고 영원이 깔려 있는 평상심을 발견
한 자신을 토닥이며 사는 일이다.
 자, 이제 다시 일상의 여행으로 돌아갈까요? 달라이 라마의 일상을 담
은 비탈리만스키 영화 〈선라이즈 선셋〉에서 '일상'이 무엇인지 차분하게
들려준다.

 50억년 후엔 태양도 사라져
 그렇게 빨리요?
 우리 생에 비하면 긴 시간이지
 인간의 생은 평균 백 년이지만,
 불교에선 세월을 '겁'이란 단위로 세지
 1겁에 비하면 50억년은 짧아
 길고 짧은 건 상대적이야
 절대적인 게 아냐
 비교 대상에 따라 짧기도 하고 길기도 해
 불교에서 보면 절대적이란 것은 없어

Seven Years in Tibet

이 순간을 우린 상대적 차원에서 현재라고 부르지

천분의 1초 안에도 과거와 미래가 있어

그러니까 반은 과거고 반은 미래야

우린 현재를 찾을 수 없어

그런데 현재 없인 과거와 미래도 없지

보통은 그렇게 깊이 안 따지니까 현재라고 말할 수 있는 거야

우주가 내일모레면 멸망할 판에, 일은 해서 뭐하냐고?

그건 어리석은 질문이야

태양은 아침에 떠올랐다 금세 져 버리지

태양은 결코 멈춰 있지 않아

허나 떠 있는 동안엔 우리에게 많은 도움을 줘

그럼 됐잖아

비록 멈춰 있진 않더라도 우린 그 짧은 빛을 충분히 즐길 수 있어

마찬가지로 이 세상과 문명이 발전하는 동안은 그냥 그걸 즐겨

끝나면 끝나는 거지

허허허

맞는 말씀이다. 태양만 멈추지 않는 게 아니다. 설산도 멈춤이 없고 저 빨랫줄에 매달린 빨래를 말리는 바람도 쉰 적이 없다. 인간 또한 매일 뜨고 진다. 그렇다고 걱정할 필요는 없다. 고통과 행복은 늘 함께 있다. 너그러운 단어 삼사라(윤회)에 고통과 지복이 통과하는 것처럼 저 빨랫줄에 걸린 당신은 여름의 한가운데를 통과하고 있다.